唐五代二十一家词辑

王国维 —— 辑

万曼璐 整理

中华书局

图书在版编目（CIP）数据

唐五代二十一家词辑/王国维辑；万曼璐整理. —北京：中华书局，2018.1
ISBN 978-7-101-12895-6

Ⅰ.唐⋯　Ⅱ.①王⋯②万⋯　Ⅲ.①词（文学）-作品集-中国-唐代②五代词-作品集-中国　Ⅳ.I222.842

中国版本图书馆 CIP 数据核字（2017）第 265381 号

书　　名	唐五代二十一家词辑
辑　　者	王国维
整 理 者	万曼璐
责任编辑	郭时羽
出版发行	中华书局
	（北京市丰台区太平桥西里 38 号　100073）
	http://www.zhbc.com.cn
	E-mail：zhbc@zhbc.com.cn
印　　刷	北京市白帆印务有限公司
版　　次	2018 年 1 月北京第 1 版
	2018 年 1 月北京第 1 次印刷
规　　格	开本/880×1230 毫米　1/32
	印张 8⅝　插页 2　字数 180 千字
印　　数	1-6000 册
国际书号	ISBN 978-7-101-12895-6
定　　价	24.00 元

本书主体完成于光绪三十四年，即 1908 年，据《花间集》、《尊前集》、《历代诗馀》、《全唐诗》等旧籍，对唐五代二十一家词重加辑校，间附案语，以明依据，并述心得。当时王氏三十出头，是他一生最用力于倚声之学的时期，其标志一是多有词的创作，二是写就了《人间词话》，三是编纂了《词录》及本书。

今天单行本书，作用或有三点：

一、王氏五十岁时自沉，两年后他的友人罗振玉主持辑录的《海宁王忠悫公遗书》收入本书，十年后他的助手赵万里在罗编的基础上重辑更为完备的《海宁王静安先生遗书》，因原拟另外汇编王氏的古籍校勘成果，故剔除了本书。自八十年代赵编本以《王国维遗书》之名由上海书店出版社多次印行，流布甚广；本书正可成为《遗书》的补充。

二、王氏的《人间词话》作为中国近代词话的经典之作，已有多种注本甚至白话译本，也已有多种研究论文以及专著，声名之隆已至不必大学中文系的学生，即中学生也无人不知的程度。而本书中的作品以及王氏后附的说明与评语，或可与《人间词话》相参证，如南唐二主词案语之类;或可补《人间词话》所未备,如皇甫松集下品评"黄叔旸称其《摘得新》二首为有达观之见,余谓不若《忆江南》二阕情味深长,在乐天、梦得上也"之类。

三、王氏既殁,赵万里等整理遗籍,共检得其手校手批的古书近两百种。赵氏为之编目,并作后记称:"盖先生之治一学,必先有一步预备工夫。如治甲骨文字,则先释《铁云藏龟》及《书契》前后编文字。治音韵学,则遍校《切韵》、《广韵》。撰蒋氏藏书志,则遍校《周礼》、《仪礼》、《礼记》等书不下数十种。"王氏的另一位学生容庚也列举过:"其治宋元戏曲也,则先为《曲录》;其治金文也,则先为《金文著录表》;其治甲骨文也,则先释《殷虚书契》前后编;其治元史也,则先为《元朝秘史地名索引》,故其对于百馀种书籍之批校,大抵为《观堂集林》中之文所从出。"而本书以及他的《词录》,也无疑是他治词学的"预备工夫",从中亦可略窥王氏治学的途径。

今年正值王氏诞辰一百四十周年、辞世九十周年,万曼璐博士校点本书,并附入王氏在《人间词话》、《庚辛之间读书记》等著述中对相关词人词作的评语,由中华书局出版。这既为读者的阅读带来了不大但却实在的方便,也是对王氏同样不大但却实在的纪念。

傅 杰

二〇一七年初秋

　　《唐五代二十一家词辑》(以下简称《词辑》),王国维编于光绪末年,辑录"《花间》十八人"及南唐二主、韩偓共二十一家传世词作,并首次以别集之形式集体呈现于世。本书对唐五代词的辑佚校勘,既是王国维词学研究的重要成果之一,也是其重视文献校勘的一次重要实践,更对晚清民国以来唐五代词的整理研究有开创之功。

　　《词辑》编定后,于民国十七年(1928)收入罗振玉整理编辑、海宁王氏所刊《海宁王忠悫公遗书》。民国二十一年(1932),上海六艺书局将其与《人间词话增补本》合刊出版(以下简称"六艺本")。此后,各版王国维集多收录有《词辑》,但单行本罕见,阅读使用未必方便,整理或也可以再做加工。

　　本次校点,以所见最早的民国十七年《海宁王忠悫公遗书》本为底本,校以六艺本,并参考其他相关文献,对于旧本未解决的少量因衍、脱、讹等造成的不合谱问题则参考了《摛藻堂四库全书荟要》所收康熙《御定词谱》进行校正和重新点定。标点的使用以句号示韵,无韵停顿处以逗号、顿号示句读。由于本次出版目的在于给读者提供一个便于阅读使用的通行本,故校记从简,对一些明显的刊刻错误径改不再出校，仅在有必要说明校改原因和依据时略加交代。词作后常有王氏自作校勘或相关典故考证，现以小字出之。

《词辑》每一别集后有王国维案语，除简要考订词人生平籍贯、词作流传收录情况、辑录依据等外，往往评及各家得失。如众所知，王国维《人间词话》篇目简省，对唐五代词人仅涉南唐二主、冯延巳、温庭筠、韦庄等，其余各家论述较少，《词辑》后案之品评，恰可补《人间词话》所遗；即便《人间词话》论及之词家，所论亦常与《词辑》后案不同，可对照互补。因此，我们将《人间词话》（包括手稿、补遗等）及王国维其他著作中的相关条目辑录于相应词人词作之后，以小字出之，供参互对读。同时为便读者，又为每位词人撰写小传，并于书末增设篇名索引。

由于整理者学识浅薄，整理中难免存在错误，敬请读者批评指正。

万曼璐

二〇一七年九月

目 录

南唐二主词

〔南唐〕 元宗李璟
后主李煜 辑一

李璟(916—961)

字伯玉,初名景通。南唐第二位皇帝,后因国势日衰,降周称臣,自去帝号,改称国主,世称南唐中主或嗣主。在位 19 年(943—961),庙号元宗。好文学,常与韩熙载、冯延巳等饮宴赋诗,善填词,然流传至今者甚少。王国维从《南唐二主词》辑四首、《草堂诗馀》辑二首,但其口《浣溪沙》(一曲新词酒一杯)词,一般认为乃晏殊所作。

李煜(937—978)

字重光,初名从嘉,即位后改名"煜"。继其父中主李璟为南唐国主,在位 15 年(961—975),国亡,降宋,封违命侯,于恶劣的囚徒环境中死于汴京。世称南唐后主、李后主。李煜为国主,无心社稷,政事不修;但文艺才能特出,词入一流之境。尤其是亡国以后的词作,题材广阔,语言清新,感情深沉,意境深远,留下了不少千古绝唱。

应天长 后主云：先皇御制歌词。墨迹在晁公留家。

一钩初月临妆镜。蝉鬓凤钗慵不整。重帘静。层楼迥。惆怅落花风不定。　　柳堤芳草径。梦断辘轳金井。昨夜更阑酒醒。春愁过却病。

望远行

玉砌花光锦绣明。朱扉长日镇长扃。夜寒不去寝难成。炉香烟冷自亭亭。　　残月秣陵砧。不传消息但传情。黄金窗下忽然惊。征人归日二毛生。

浣溪沙 二首

手卷真珠上玉钩。依前春恨锁重楼。风里落花谁是主，思悠悠。　　青鸟不传云外信，丁香空结雨中愁。回首绿波三楚莫，接天流。

《漫叟诗话》云：李璟有曲云"手卷真珠上玉钩"，或改为"珠帘"，非所谓知音者。

又

菡萏香销翠叶残。西风愁起绿波间。还与韶光共憔悴，不堪看。　　细雨梦回鸡塞远，小楼吹彻玉笙寒。多少泪珠无限恨，倚阑干。

　　冯延巳作《谒金门》曰："风乍起，吹皱一池春水。"中主曰："干卿何事？"对曰："未若陛下'小楼吹彻玉笙寒'也。"荆公问山谷江南词何处最好，山谷以"一江春水向东流"为对。荆公云："未若'细雨梦回鸡塞远，小楼吹彻玉笙寒'，又'细雨湿流光'最妙。"

《人间词话》一三　南唐中主词："菡萏香销翠叶残，西风愁起绿波间。"大有"众芳芜秽"、"美人迟暮"之感。乃古今独赏其"细雨梦回鸡塞远，小楼吹彻玉笙寒"，故知解人正不易得。

虞美人 《尊前集》共八首，后主煜重光词也。

　　春花秋叶何时了。往事知多少。小楼昨夜又东风。故国不堪回首月明中。　　雕阑玉砌依然在。只是朱颜改。问君能有许多愁。恰似一江春水向东流。"许多"一作"几多"。

乌 夜 啼

　　昨夜风兼雨，帘帏飒飒秋声。烛残漏滴频欹枕，起坐不能平。　　世事漫随流水，算来一梦浮生。醉乡路稳宜频到，此外不堪行。

一 斛 珠

　　晓妆初过。沉檀轻注些儿个。向人微露丁香颗。

一曲清歌,暂引樱桃破。　　罗袖裛残殷色可。杯深旋被香醪涴。绣床斜凭娇无那。烂嚼红茸,笑向檀郎唾。

子 夜 歌

人生愁恨何能免。销魂独我情何限。故国梦重归。觉来双泪垂。　　高楼谁与上。长记秋晴望。往事已成空。还如一梦中。

更 漏 子

金雀钗,红粉面。花里暂时相见。知我意,感君怜。此情须问天。　　香作穗。蜡成泪。还似两人心意。珊枕腻,锦衾寒。夜来更漏残。

临 江 仙

樱桃落尽春归去,蝶翻金粉双飞。子规啼月小楼西。画帘珠箔,惆怅卷金泥。　　门巷寂寥人去后,望残烟草低迷。□□□□□□□。□□□□□,□□□□□。

《西清诗话》云:"后主围城中作此词,未就而城破。尝见残稿点染晦昧,心方危窘,不在书耳。"按《实录》:"开宝七年十月伐江南,明年十一月破升州。"此词乃咏春,决非城破时作。然王师围升州既一年,后主于围城中春作此词不可知,方是时,其心岂不危急?

望 江 南

多少恨,昨夜梦魂中。还似旧时游上苑,车如流水马如龙。花月正春风。 多少泪,断脸复横颐。心事莫将和泪说,凤笙休向泪时吹。肠断更无疑。

清 平 乐

别来春半。触目柔肠断。砌下落梅如雪乱。拂了一身还满。 雁来音信无凭。路遥归梦难成。离恨恰如春草,更行更远还生。

采 桑 子

庭前春逐红英尽,舞态徘徊。细雨霏微。不放双眉时暂开。 绿窗冷静芳英断,香印成灰。可奈情怀。欲睡朦胧入梦来。

喜 迁 莺

晓月堕,宿云微。无语枕凭欹。梦回芳草思依依。天远雁声稀。 啼莺散。馀花乱。寂寞画堂深院。片红休扫尽从伊。留待舞人归。

蝶恋花 见《尊前集》。《本事曲》以为山东李冠作。

遥夜亭皋闲信步。乍过清明,早觉伤春暮。数点雨声风约住。朦胧淡月云来去。　　桃李依依春暗度。谁在秋千,笑里低低语。一片芳心千万绪。人间没个安排处。

乌夜啼

林花谢了春红。太匆匆。无奈朝来寒雨晚来风。　　燕脂泪。留人醉。几时重。自是人生长恨水长东。

长相思 曾端伯《乐府①雅词》以为孙霄之作,非也。

云一緺。玉一梭。澹澹衫儿薄薄罗。轻颦双黛螺。　　秋风多。雨相和。帘外芭蕉三两窠。夜长人奈何。

捣练子令 出《兰畹曲令》。

深院静,小庭空。断续寒砧断续风。无奈夜长人不寐,数声和月到帘栊。

---

① "乐府",底本、六艺本均作"集"。按:曾慥所编名为《乐府雅词》,今改。

此词见《西清诗话》。

浣 溪 沙

红日已高三丈透。金炉次第添香兽。红锦地衣随步皱。　　佳人舞点金钗溜。酒恶时拈花蕊嗅。别殿遥闻箫鼓奏。

菩萨蛮 见《尊前集》。《杜寿域词》亦有此篇，而文稍异。

花明月暗笼轻雾。今宵好向郎边去。刬袜步香阶。手提金缕鞋。　　画堂南畔见。一向偎人颤。奴为出来难。教郎恣意怜。

望 江 梅

闲梦远，南国正芳春。船上管弦江面渌，满城飞絮辊轻尘。忙杀看花人。　　闲梦远，南国正清秋。千里江山寒色远，芦花深处泊孤舟。笛在月明楼。

菩 萨 蛮

蓬莱院闭天台女。画堂昼寝人无语。抛枕翠云光。绣衣闻异香。　　潜来珠琐动。惊觉银屏梦。脸慢笑盈盈。相看无限情。

又

铜簧韵脆锵寒竹。新声慢奏移纤玉。眼色暗相钩。秋波横欲流。　　雨云深绣户。未便谐衷素。宴罢又成空。魂迷春梦中。

阮郎归 呈郑王十二弟。后有隶书"东宫书府"印。

东风吹水日衔山。春来长是闲。落花狼藉酒阑珊。笙歌醉梦间。　　佩声悄,晚妆残。凭谁整翠鬟。留连光景惜朱颜。黄昏独倚阑。

南词本漏此阕,从侯刻《名家词》补。

浪淘沙 传自池州夏氏。

往事只堪哀。对景难排。秋风庭院藓侵阶。一任珠帘闲不卷,终日谁来。　　金琐已沉埋。壮气蒿莱。晚凉天净月华开。想得玉楼瑶殿影,空照秦淮。

采桑子 二词墨迹在王季宫判院家。

辘轳金井梧桐晚,几树惊秋。昼雨新愁。百尺虾须在玉钩。　　琼窗春断双蛾皱,回首边头。欲寄鳞游。九曲寒波不泝流。

虞 美 人

风回小院庭芜绿。柳眼春相续。凭阑半日独无言。依旧竹声新月似当年。　　笙歌未散尊前在。池面冰初解。烛明香暗画楼深。满鬓清霜残雪思难任。

玉楼春 已后二词，传自曹功显节度家，云墨迹旧在京师梁门外李王寺一老尼处，故敝难读。

晚妆初了明肌雪。春殿嫔娥鱼贯列。笙箫吹断水云间，重按霓裳歌遍彻。　　临春谁更飘香屑。醉拍阑干情味切。归时休放烛光红，待踏马蹄清夜月。

子 夜 歌

寻春须是先春早。看花莫待花枝老。缥色玉柔擎。醅浮盏面□。　　□□二字磨灭不可认，疑是"何妨"字。频笑粲。禁苑春归晚。同醉与闲平。诗随羯鼓成。

谢新恩 已下六首真迹在孟郡王家。

金窗力困起还慵。馀缺。

秦楼不见吹箫女，空馀上苑风光。粉英含蕊自低昂。东风恼我，才发一衿香。　　琼窗梦□留残日，当年得恨何长。碧阑干外映垂杨。暂时相见,如梦懒思量。

樱花落尽阶前月,象床愁倚熏笼。远似去年今日恨还同。　　双鬟不整云憔悴,泪沾红抹胸。何处相思苦,纱窗醉梦中。

庭空客散人归后,画堂半掩珠帘。林风淅淅夜厌厌。小楼新月,回首自纤纤。下缺。　　春光镇在人空老,新愁往恨何穷。下缺。一声羌笛,惊起醉怡容。

樱花落尽春将困,秋千架下归时。漏暗二字又疑是"满阶"。斜月迟迟花在枝。　　缺十二字。彻晓纱窗下,待来君不知。

冉冉秋光留不住。满阶红叶暮。又是过重阳,台榭登临处。茱萸香坠。　　紫菊气,飘庭户。晚烟笼细雨。嗈嗈新雁咽寒一作"愁"。声,愁恨年年长相似。

破 阵 子

四十年来家国,三千里地山河。凤阁龙楼连霄汉,玉树琼枝作烟萝。几曾识干戈。　　一旦归为臣虏,沈腰潘鬓销磨。最是仓皇辞庙日,教坊犹奏别离歌。

垂泪对宫娥。

东坡云：后主既为樊若水所卖，举国与人，故当恸哭于九庙之外，谢其民而后行，顾乃挥泪宫娥、听教坊离曲哉？

浪淘沙令

帘外雨潺潺。春意阑珊。罗衾不耐五更寒。梦里不知身是客，一晌贪欢。　　独自莫凭栏。无限关山。别时容易见时难。流水落花春去也，天上人间。

《西清诗话》云：后主归朝，每怀江国，且念嫔妾散落，郁郁不自聊，遂作此词，含思凄婉。未几下世。

案：右南词本《南唐二主词》，与常熟毛氏所钞、无锡侯氏所刻同出一源，犹是南宋初辑本，殆即《直斋书录解题》所著录、宋长沙书肆所刊行者也。直斋云："卷首四阕，《应天长》、《望远行》各一，《浣溪沙》二，中主所作。重光尝书之，墨迹在盱江晁氏。"今此本正同。又注中引曹功显节度、孟郡王、曾端伯诸人。案：功显，曹勋字，《宋史》勋本传以绍兴二十九年拜昭信军节度使，孝宗朝加太尉、提举皇城司、开府仪同三司，淳熙元年卒，赠少保。又《外戚传》，孟忠厚以绍兴七年封信安郡王，绍兴二十七年卒。曾端伯慥亦绍兴时人。以此数条推之，则编辑者当在绍兴之季，曹功显已拜节度之后、未加太尉之前也。且半从真迹编录，尤为可据，故如式写录，另为《补遗》及《校勘记》附后。诸本得失，览者当自得之。宣统改元春三月海宁王国维记。

南唐二主词校勘记

第一阕《应天长》 此阕别见冯延巳《阳春集》、欧阳修《六一词》。"一钩",《六一词》作"一弯"。"初月",《阳春集》作"新月"。"妆镜",《阳春》、《六一》并作"鸾镜";"蝉鬓",并作"云鬟";"重帘",并作"珠帘";"层楼",并作"重楼";"柳堤芳草径,梦断辘轳金井",并作"绿烟低柳径,何处辘轳金井";"过却病",并作"胜却病"。

第二阕《望远行》 "玉砌",《花庵词选》作"碧砌";"锦绣明",作"照眼明";"夜寒不去寝难成",作"馀寒欲去梦难成";"残月秣陵砧",作"辽阳月,秣陵砧"。

第三阕《浣溪沙》 《尊前集》、《花庵词选》均题后主作,《草堂诗馀》则题欧阳修作。"重楼",《尊前》作"眉头"。"三楚",《花庵》、《草堂》均作"三峡",唯《尊前》与此本同。

第四阕《浣溪沙》 《尊前》、《花庵》、《草堂》均题后主作。"韶光",《宣和书画谱》作"容光";"鸡塞远",作"清漏永";"多少泪珠无限恨",作"簌簌泪珠多少恨"。"无限恨",《尊前》、《花庵》、《草堂》均作"何限恨"。

第五阕《虞美人》 "秋叶",《尊前》、《草堂》作"秋月",唯《花庵》作"秋叶",与此本同。"小楼",马令《南唐书》作"小园"。"回首",《南唐书》作"翘首"。"依然在",《花庵》、《草堂》均作"应犹在"。"问君能有许多愁",《尊前》作"不知都有几多愁",《花庵》作"问君还有几多愁",《草堂》作"问君都有几多愁",四本各不同,唯《后山诗话》引此词作"问君能有几多愁",

与此本注正合。

第六阕《乌夜啼》 明顾梧芳所刻《尊前集》无此阕。

第七阕《一斛珠》 "晓妆",《全唐诗》《历代诗馀》均作"晚妆"。

第八阕《子夜歌》 "梦重归",马令《南唐书》作"梦初归"。

第九阕《更漏子》 《花间集》题温庭筠作。"珊枕",《花间》作"山枕";"夜来",作"觉来"。

第十阕《临江仙》 "金粉",《耆旧续闻》作"轻粉";"画帘珠箔,惆怅卷金泥",作"玉钩罗幕,惆怅暮烟垂";"门巷寂寥人去后",作"别巷寂寥人散后";"低迷"二字下有"炉香闲袅凤凰儿,空持罗带,回首恨依依"十六字。

第十一阕《望江南》 《尊前集》分作二阕。"和泪说",《全唐诗》作"和泪滴";"泪时吹",作"月明吹"。

第十三阕《采桑子》 "庭前",《尊前集》作"亭前";"霏微",作"霏霏";"芳英",作"芳音"。

第十四阕《喜迁莺》 "宿云",《尊前集》作"宿烟"。

第十五阕《蝶恋花》 此阕《花庵词选》亦题李冠。《后山诗话》云:王介甫谓"云破月来花弄影"不如李冠"朦胧淡月云来去",亦以此阕为冠作。唯《尊前》作李后主。此本实袭《尊前》之误耳。"早觉",《花庵》作"渐觉"。"桃李依依春暗度",《尊前》作"桃杏依依风暗度",《花庵》作"桃杏依稀香暗度"。"笑里",《尊前》作"影里"。"低低",《花庵》作"轻轻"。"一片芳心",《花庵》作"一寸相思"。

第十六阕《乌夜啼》 "留人醉",《全唐诗》《历代诗馀》均作"相留醉"。

第十七阕《长相思》 "孙霄之",《乐府雅词》作"孙肖之";"一縞",作"一髻"。"雨相和",《全唐诗》、《历代诗馀》均作"雨如和"。

第十八阕《捣练子令》 《兰畹曲令》,王灼《碧鸡漫志》卷二:"《兰畹曲会》,孔宁极先生之子方平所集。"此本作《曲令》,义较《曲会》为长。《词苑丛谈》:李重光"深院静"小令,升庵云:词名《捣练子》,即咏捣练也。复有"云鬟乱"一篇,其词亦同。众刻无异。尝见一旧本,则俱系《鹧鸪天》二词之前,各有半阕。其"云鬟乱"一阕云:"节气虽佳景渐阑,吴绫已暖越罗寒。朱扉日暮随风掩,一树藤花独自看。云鬟乱。"下略。其"深院静"一阕云:"塘水初澄似玉容,所思还在别离中。谁知九月初三夜,露似珍珠月似弓。深院静,小庭空。"下略。云云。维案:"可怜九月初三夜,露似珍珠月似弓",此乐天《暮江吟》后二句,见《白氏长庆集》卷十九,后主不应全袭之。且《鹧鸪天》下半阕平仄亦与《捣练子》不合,显系明人赝作。徐氏信之,误矣。

第二十阕《菩萨蛮》 "奴为出来难",《尊前集》作"好为出来难"。

第二十一阕《望江梅》 "望江梅",《全唐诗》、《历代诗馀》均作"望江南",并分作二阕。

第二十三阕《菩萨蛮》 "未便谐衷素",《全唐诗》、《历代诗馀》均作"来便谐衷素"。

第二十四阕《阮郎归》 此阕别见《阳春集》、《六一词》,唯《草堂》题后主作。"呈郑王十二弟"后有隶书"东宫书府"印。案:《五代史·南唐世家》,从益封郑王在后主即位之后,此既云"呈郑王",复有"东宫书府"印,殊不可解,不知史误抑手迹伪也?"吹水",《六一词》作"临水"。"落花",《阳春集》作"林花"。"佩声悄",《阳春》、《六一》、《草堂》均作"春睡觉";"凭谁",均作"无人"。"独倚阑",《草堂》作"人倚阑"。

第二十五阕《浪淘沙》 "一任",《全唐诗》、《历代诗馀》均作"一桁";"金琐",均作"金剑"。

第二十六阕《采桑子》 "新愁",《草堂》作"和愁",《全唐诗》、《历代诗馀》作"如愁";"在玉钩",均作"上玉钩"。

第二十七阕《虞美人》 "尊前",《全唐诗》、《历代诗馀》均作"尊罍"。"思难任",《全唐诗》作"思难禁"。

第二十八阕《玉楼春》 "情味切",《草堂》作"情未切";"烛光",作"烛花"。

第二十九阕《子夜歌》 "盏面□",《历代诗馀》作"盏面清";"□□频笑粲",作"何妨频笑粲";"闲平",作"闲评";"羯鼓",作"叠鼓"。

第三十阕《谢新恩》 "金窗力困起还慵"七字,据《全唐诗》、《历代诗馀》,当在第三十三①阕"新愁往恨何穷"句之下,误脱于此。

第三十一阕 此首实《临江仙》调。

第三十三阕 此亦《临江仙》调。《全唐诗》、《历代诗馀》"何穷"二字下有"金窗力困起还慵"七字。

第三十五阕 《历代诗馀》不分作二叠。

第三十六阕《破阵子》 "垂泪对宫娥",《容斋随笔》作"挥

---

① 三十三,原作"三十四",今改。

泪对宫娥"。

第三十七阕《浪淘沙令》 "不耐",《花庵》、《草堂》均作"不暖";"关山",均作"江山"。"春去也",《花庵》作"归去也"。《西清诗话》所载与此本全同。

南唐二主词补遗

浣 溪 沙

风压轻云贴水飞。乍晴池馆燕争泥。沈郎多病不胜衣。　　沙上未闻鸿雁信，竹间时有鹧鸪啼。此情唯有落花知。

又 别见《珠玉词》。

一曲新词酒一杯。去年天气旧亭台。夕阳西下几时回。　　无可奈何花落去，似曾相识燕归来。小园香径独徘徊。

上二阕见《草堂诗馀》，题中主作。

乌 夜 啼

无言独上西楼。月如钩。寂寞梧桐深院锁清秋。　　剪不断。理还乱。是离愁。别是一般滋味在心头。

见《花庵词选》。以下皆后主作。

更漏子 大石调。《花间集》、《花庵词选》均作温庭筠。

柳丝长，春雨细。花外漏声迢递。惊塞雁，起城乌。画屏金鹧鸪。　　香雾薄。透重幕。惆怅谢家池阁。红烛背，绣帷垂。梦长君不知。

见《尊前集》。

长相思 别见邓肃《栟榈词》。

一重山。两重山。山远天高烟水寒。相思枫叶丹。　　菊花开，菊花残。塞雁高飞人未还。一帘风月闲。

见《草堂诗馀》。

柳 枝

风情渐老见春羞。到处芳魂感旧游。多谢长条似相识，强垂烟穗拂人头。

《墨庄漫录》云：后主书此词于黄罗扇上，赐宫人庆奴。实《柳枝词》也，故录于此。

后庭花破子

玉树后庭前。瑶草妆镜边。去年花不老，今年月又圆。莫教偏。和月和花，天教长少年。

陈旸《乐书》云：《后庭花破子》，李后主、冯延巳相率为之。其词如上，但不知李作抑冯作也。

三 台 令

不寐倦长更。披衣出户行。月寒秋竹冷。风切夜窗声。

见《历代诗馀》引《古今词话》。

捣 练 子

云鬓乱,晚妆残。带恨眉儿远岫攒。斜托香腮春笋嫩,为谁和泪倚阑干。

见《词林万选》。

浣溪沙 别见《阳春集》。

转烛飘蓬一梦归。欲寻陈迹怅人非。天教心愿与身违。 待月池台空逝水,映花楼阁谩斜晖。登临不惜更沾衣。

见《全唐诗》、《历代诗馀》。

渔 父

浪花有意千重雪,桃李无言一队春。一壶酒,一竿身。世上如侬有几人。

又

一棹春风一叶舟。一纶茧缕一轻钩。花满渚,酒满瓯。万顷波中得自由。

右二阕见《全唐诗》、《历代诗馀》。笔意凡近,疑非后主作也。

彭文勤《五代史注》引《翰府名谈》：张文懿家有《春江钓叟图》，卫贤画，上有李后主《渔父》词二首云云。此即《全唐诗》、《历代诗馀》之所本，但字句小有不同，兹从《五代史注》所引改正。

《人间词话》一四　李重光之词，神秀也。

《人间词话》一五　词至李后主而眼界始大，感慨遂深，遂变伶工之词而为士大夫之词。周介存置诸温、韦之下，可谓颠倒黑白矣。"自是人生长恨水长东"，"流水落花春去也，天上人间"，《金荃》、《浣花》，能有此气象耶？

《人间词话》一六　词人者，不失其赤子之心者也。故生于深宫之中，长于妇人之手，是后主为人君所短处，亦即为词人所长处。

《人间词话》一七　客观之诗人，不可不多阅世。阅世愈深，则材料愈丰富，愈变化。《水浒传》、《红楼梦》之作者是也。主观之诗人，不必多阅世，阅世愈浅，则性情愈真，李后主是也。

《人间词话》一八　尼采谓："一切文学，余爱以血书者。"后主之词，真所谓以血书者也。宋道君皇帝《燕山亭》词亦略似之。然道君皇帝不过自道身世之戚，后主则俨有释迦、基督担荷人类罪恶之意，其大小固不同矣。

《人间词话手稿》九七　唐五代之词，有句而无篇。南宋名家之词，有篇而无句。有篇有句，唯李后主降宋后之作，及永叔、子瞻、少游、美成、稼轩数人而已。

《人间词话手稿》一一一　词之最工者，实推后主、正中、永叔、少游、美成，而前此温、韦，后此姜、吴，皆不与焉。

《人间词话补遗》九　予于词，五代喜李后主、冯正中，而不喜《花间》。
　　　　（陈乃乾录自观堂旧藏《词辨》眉间批语）

《词录》　《南唐二主词》一卷（侯文灿《十名家词》本，海宁王氏辑本。振常案：《三李词》本，晨风阁本）。南唐元宗李璟、后主李煜撰。宋长沙书肆曾刻入《百家词》，国朝侯文灿复刻入《十名家词》中。侯本初印行而板即散佚，故传世不多。余从《全唐诗》中录为一卷，又从《尊前集》补《一斛珠》一阕，《客座赘语》补《柳枝》一阕，《历代诗馀》补《菩萨蛮》一阕、《谢新恩》一阕，其《捣练子》二阕则从《词苑辨证》补作。《鹧鸪天》此二半阕，后人不能伪也。陈直斋曰："卷首四阕，《应天长》、《望远行》各一，《浣溪沙》二，中主所作，重光尝书之，墨迹在盱江晁氏，题曰'先皇御制歌词'。余尝见之，于麦光纸上作拨镫书，有晁景迁题字，今不知何在矣。馀词皆重光作。"余据以改定。《全唐诗》本《蝶恋花》一阕，荆公谓是李冠作，《花庵词选》亦作冠，亦遇而存之。

金荃词

〔唐〕温庭筠　辑二

温庭筠(约 812—约 866)

本名岐,字飞卿。晚唐并州人,唐初宰相温彦博后裔,幼即随家客籍江南。貌丑陋,人称"温钟馗"。少有诗名,文思敏捷,每入试,八吟或八叉手成八韵,有"温八吟"、"温八叉"之称。恃才放旷,好讥讽权贵,取憎于时,故屡试不第。曾为随县、方城县尉,官终国子监助教,世称"温方城"、"温助教"。精通音律,诗词并工。诗与李商隐齐名,并称"温李";词与韦庄齐名,并称"温韦"。其词以闺情为主,词风艳丽,对后世词的发展有巨大影响。《花间集》列以为首,被尊为"花间鼻祖"。

南 歌 子

手里金鹦鹉,胸前绣凤凰。偷眼暗形相。不如从
嫁与,作鸳鸯。

又

似带如丝柳,团酥握雪花。帘卷玉钩斜。九衢尘
欲莫,逐香车。

又

倭堕低梳髻,连娟细扫眉。终日两相思。为君憔
悴尽,百花时。

又

脸上金霞细,眉间翠钿深。欹枕覆鸳衾。隔帘莺
百啭,感君心。

又

扑蕊添黄子,呵花满翠鬟。鸳枕映屏山。月明三
五夜,对芳颜。

又

转盼如波眼，娉婷似柳腰。花里暗相招。忆君肠欲断，恨春宵。

又

懒拂鸳鸯枕，休缝翡翠裙。罗帐罢炉熏。近来心更切，为思君。

荷 叶 杯

一点露珠凝冷。波影。满池塘。绿茎红艳两相乱。肠断。水风凉。

又

镜水夜来秋月。如雪。采莲时。小娘红粉对寒浪。惆怅。正思惟。

又

楚女欲归南浦。朝雨。湿愁红。小船摇漾入花里。波起。隔西风。

忆 江 南

千万恨，恨极在天涯。山月不知心里事，水风空落眼前花。摇曳碧云斜。

又

梳洗罢，独倚望江楼。过尽千帆皆不是，斜晖脉脉水悠悠。肠断白蘋洲。

杨 柳 枝

宜春苑外最长条。闲袅春风伴舞腰。正是玉人肠绝处，一渠春水赤栏桥。

其 二

南内墙东御路旁。须知春色柳枝黄。杏花未肯无情思，何事行人最断肠。

其 三

苏小门前柳万条。毵毵金线拂平桥。黄莺不语东风起，深闭朱门伴舞腰。

其 四

金缕毵毵碧瓦沟。六宫眉黛惹香愁。晚来更带龙池雨,半拂栏干半入楼。

其 五

馆娃宫外邺城西。远映征帆近拂堤。系得王孙归意切,不关芳草绿萋萋。

其 六

两两黄鹂色似金。袅枝啼露惹芳音。春来幸自长如线,可惜牵缠荡子心。

其 七

御柳如丝映九重。凤凰窗映绣芙蓉。景阳楼畔千条路,一面新妆待晓风。

其 八

织锦机边莺语频。停梭垂泪忆征人。塞门三月犹萧索,纵有垂杨未觉春。

其九 以下二阕集中作《新添声杨柳枝》。

一尺深红蒙曲尘。天生旧物不如新。合欢桃核终堪恨,里许元来别有人。

其 十

井底点灯深烛伊。共郎长行莫围棋。玲珑骰子安红豆,入骨相思知不知。

蕃 女 怨

万枝香雪开已遍。细雨双燕。钿蝉筝,金雀扇。画梁相见。雁门消息不归来。又飞回。

其 二

碛南沙上惊雁起。飞雪千里。玉连环,金镞箭。年年征战。画楼离恨锦屏空。杏花红。

遐 方 怨

凭绣槛,解罗帏。未得君书,断肠潇湘春雁飞。不知征马几时归。海棠花谢也,雨霏霏。

其 二

花半折,雨初晴。未卷珠帘,梦残惆怅闻晓莺。宿妆眉浅粉山横。约鬟鸾镜里,绣罗轻。

诉 衷 情

莺语。花舞。春昼午。雨霏微。金带枕。宫锦。凤凰帏。柳弱燕交飞。依依。辽阳音信稀。梦中归。

定 西 番

汉使昔年离别。攀弱柳,折寒梅。上高台。　　千里玉关春雪。雁来人不来。羌笛一声愁绝。月徘徊。

其 二

海燕欲飞调羽。萱草绿,杏花红。隔帘栊。　　双鬟翠霞金缕。一枝春艳浓。楼上月明三五。琐窗中。

其 三

细雨晓莺春晚。人似玉,柳如眉。正相思。　　罗幕翠帘初卷。镜中花一枝。肠断塞门消息,雁来稀。

思 帝 乡

花花。满枝红似霞。罗袖画帘肠断,卓香车。回面共人言语,战篦金凤斜。唯有阮郎春尽,不归家。

酒 泉 子

花映柳条。闲向绿萍池上。凭栏干,窥细浪。雨萧萧。　　近来音信两疏索。洞房空寂寞。掩银屏,垂翠箔。度春宵。

其 二

日映纱窗。金鸭小屏山碧。故乡春,烟霭隔。背兰钉。　　宿妆惆怅倚高阁。千里云影薄。草初齐,花又落。燕双飞。

其 三

楚女不归。楼枕小河春水。月孤明,风又起。杏花稀。　　玉钗斜簪云鬟重。裙上金缕凤。八行书,千里梦。雁南飞。

其 四

罗带惹香。犹系别时红豆。泪痕新,金缕旧。断离肠。　　一双娇燕语雕梁。还是去年时节。绿杨浓,芳草歇。柳花狂。

玉 蝴 蝶

秋风凄切伤离。行客未归时。塞外草先衰。江南雁到迟。　　芙蓉凋嫩脸,杨柳堕新眉。摇落使人悲。断肠谁得知。

女 冠 子

含娇含笑。宿翠残红窈窕。鬓如蝉。寒玉簪秋水,轻纱卷碧烟。　　雪胸鸾镜里,琪树凤楼前。寄语青娥伴,早求仙。

其 二

霞帔云发。钿镜仙容似雪。画愁眉。遮语回轻扇,含笑下绣帏。　　玉楼相望久,花洞恨来迟。早晚乘鸾去,莫相遗。

归 国 遥

香玉。翠凤宝钗垂簏簶。钿筐交胜金粟。越罗春水渌。　　画堂照帘残烛。梦馀更漏促。谢娘无限心曲。晓屏山断续。

其 二

双脸。小凤战篦金飐艳。舞衣无力风敛。藕丝秋色染。　　锦帐绣帏斜掩。露珠清晓簟。粉心黄蕊花靥。黛眉山两点。

菩 萨 蛮

小山重叠金明灭。鬓云欲度香腮雪。懒起画蛾眉。弄妆梳洗迟。　　照花前后镜。花面交相映。新帖绣罗襦。双双金鹧鸪。

其 二

水精帘里颇黎枕。暖香惹梦鸳鸯锦。江上柳如烟。雁飞残月天。　　藕丝秋色浅。人胜参差剪。双鬓隔香红。玉钗头上风。

其　三

蕊黄无限当山额。宿妆隐笑纱窗隔。相见牡丹时。暂来还别离。　　翠钗金作股。钗上蝶双舞。心事竟谁知。月明花满枝。

其　四

翠翘金缕双鸂鶒。水纹细起春池碧。池上海棠梨。雨晴红满枝。　　绣衫遮笑靥。烟草黏飞蝶。青琐对芳菲。玉关音信稀。

其　五

杏花含露团香雪。绿杨陌上多离别。灯在月胧明。觉来闻晓莺。　　玉钩褰翠幕。妆浅旧眉薄。春梦正关情。镜中蝉鬓轻。

其　六

玉楼明月长相忆。柳丝袅娜春无力。门外草萋萋。送君闻马嘶。　　画罗金翡翠。香烛销成泪。花落子规啼。绿窗残梦迷。

其 七

凤凰相对盘金缕。牡丹一夜经微雨。明镜照新妆。鬓轻双脸长。　画楼相望久。栏外垂丝柳。音信不归来。社前双燕回。

其 八

牡丹花谢莺声歇。绿杨满院中庭月。相忆梦难成。背窗灯半明。　翠钿金压脸。寂寞香闺掩。人远泪阑干。燕飞春又残。

其 九

满宫明月梨花白。故人万里关山隔。金雁一双飞。泪痕沾绣衣。　小园芳草绿。家住越溪曲。杨柳色依依。燕归君不归。

其 十

宝函钿雀金鸂鶒。沉香阁上吴山碧。杨柳又如丝。驿桥春雨时。　画楼音信断。芳草江南岸。鸾镜与花枝。此情谁得知。

其 十 一

南园满地堆轻絮。愁闻一霎清明雨。雨后却斜阳。杏花零落香。　　无言匀睡脸。枕上屏山掩。时节欲黄昏。无聊独闭门。

《人间词话补遗》五　温飞卿《菩萨蛮》"雨后却斜阳。杏花零落香"。少游之"雨馀芳草斜阳。杏花零落燕泥香",虽自此脱胎,而实有出蓝之妙。(此条陈乃乾录自观堂旧藏《词辨》眉间批语。)

其 十 二

夜来皓月才当午。重帘悄悄无人语。深处麝烟长。卧时留薄妆。　　当年还自惜。往事那堪忆。花露月明残。锦衾知晓寒。

其 十 三

雨晴夜合玲珑日。万枝香袅红丝拂。闲梦忆金堂。满庭萱草长。　　绣帘垂景斁。眉黛远山绿。春水渡溪桥。凭栏魂欲消。

其 十 四

竹风轻动庭除冷。珠帘月上玲珑影。山枕隐浓妆。绿檀金凤凰。　　两蛾愁黛浅。故国吴宫远。春梦正关情。画楼残点声。

其 十 五

玉纤弹处真珠落。流多暗湿铅华薄。春露浥朝花。秋波浸晚霞。　　风流心上物。本为风流出。看取薄情人。罗衣无此痕。

清 平 乐

上阳春晚。宫女愁蛾浅。新岁清平思同辇。争奈长安路远。　　凤帐鸳被徒熏。寂寞花锁千门。竞把黄金买赋，为妾将上明君。

其 二

洛阳愁绝。杨柳花飘雪。终日行人争攀折。桥下水流呜咽。　　上马争劝离觞。南浦莺声断肠。愁杀平原年少，回首挥泪千行。

更 漏 子

柳丝长，春雨细。花外漏声迢递。惊塞雁，起城乌。画屏金鹧鸪。　　香雾薄。透帘幕。惆怅谢家池阁。红烛背,绣帘垂。梦长君不知。

《人间词话》一二 "画屏金鹧鸪",飞卿语也,其词品似之。

其 二

星斗稀,钟鼓歇。帘外晓莺残月。兰露重,柳风斜。满庭堆落花。　　虚阁上。倚栏望。还是去年惆怅。春欲暮,思无穷。旧欢如梦中。

其 三

金雀钗,红粉面。花里暂时相见。知我意,感君怜。此情须问天。　　香作穗。蜡成泪。还似两人心意。山枕腻,锦衾寒。觉来更漏残。

其 四

相见稀,相忆久。眉浅淡烟如柳。垂翠幕,结同心。待郎熏绣衾。　　城上月。白如雪。蝉鬓美人愁绝。宫树暗,鹊桥横。玉签初报明。

其 五

背江楼,临海月。城上角声呜咽。堤柳动,岛烟昏。两行征雁分。　　京口路。归帆渡。正是芳菲欲度。银烛尽,玉绳低。一声村落鸡。

其　六

玉炉香,红蜡泪。偏照画堂秋思。眉翠薄,鬓云残。夜长衾枕寒。　　梧桐树。三更雨。不道离情正苦。一叶叶,一声声。空阶滴到明。

河 渎 神

河上望丛祠。庙前春雨来时。楚山无限鸟飞迟。兰棹空伤别离。　　何处杜鹃啼不歇。艳红开尽如血。蝉鬓美人愁绝。百花芳草佳节。

其　二

孤庙对寒潮。西陵风雨潇潇。谢娘惆怅倚兰桡。泪流玉箸千条。　　莫天愁听思归乐。早梅香满山郭。回首两情萧索。离魂何处飘泊。

其　三

铜鼓赛神来。满庭幡盖裴回。水村江浦过风雷。楚山如画烟开。　　离别櫓声空萧索。玉容惆怅妆薄。青麦燕飞落落。卷帘愁对珠阁。

河 传

江畔。相唤。晓妆鲜。仙景个女采莲。请君莫向那岸边。少年。好花新满船。　　红袖摇曳逐风软。垂玉腕。肠向柳丝断。浦南归。浦北归。莫知。晚来人已稀。

其 二

湖上。闲望。雨潇潇。烟浦花桥路遥。谢娘翠蛾愁不销。终朝。梦魂迷晚潮。　　荡子天涯归棹远。春已晚。莺语空肠断。若耶溪。溪水西。柳堤。不闻郎马嘶。

其 三

同伴。相唤。杏花稀。梦里每愁依违。仙客一去燕已飞。不归。泪痕空满衣。　　天际云鸟引情远。春已晚。烟霭渡南苑。雪梅香。柳带长。小娘。转令人意伤。

木兰花 《诗集》作《春晓曲》。

家临长信往来道。乳燕双双拂烟草。油壁车轻金犊肥，流苏帐晓春鸡报。　　笼中娇鸟暖犹睡，帘外落花闲不扫。衰桃一树近前池，似惜红颜镜中老。

　　案：《御选历代诗馀》谓："唐自大中后，诗衰而倚声作。至庭筠始有专集，名《握兰》、《金荃》。"维考《新唐书·艺文志》："温庭筠，《握兰集》三卷，《金荃集》十卷，《汉南真稿》十卷。"《宋史·志》只存《温庭筠集》七卷。又长洲顾嗣立《跋温飞卿诗集后》曰："今所见宋刻只《金荃集》七卷，《别集》一卷，《金荃词》一卷。"知宋时飞卿词止有一卷。《握兰》、《金荃》当是诗文集，非词集也。兹以《花间集》为本，又从《尊前集》补一阕，《草堂诗馀》补一阕，《诗集》补二阕，共七十阕。钱唐丁氏善本书室藏有一百四十七阕本，然中尚有韦庄、张泌、欧阳炯之词混见在内。除四人词外，尚得八十三阕，然此八十三阕尽属飞卿否，尚待校勘。求其可信，则飞卿之词尽于此矣。光绪戊申季夏海宁王国维记。

《人间词话》一一　张皋文谓："飞卿之词，深美闳约。"余谓：此四字唯冯正中足以当之。刘融斋谓："飞卿精妙绝人。"差近之耳。

《人间词话》一四　温飞卿之词，句秀也。

《人间词乙稿序》　温、韦之精艳所以不如正中者，意境有深浅也。

《观堂集林·唐写本云谣集杂曲子跋》　《天仙子》词特深峭隐秀，堪与飞卿、端己抗行。

檀栾子词

〔唐〕皇甫松 辑三

皇甫松(? —?)

一作嵩,字子奇,自号檀栾子。晚唐睦州人。生卒年无确考,约与温庭筠同时。唐代著名古文家、工部郎中皇甫湜之子,宰相牛僧孺之甥。松屡试不第,舅僧孺不荐,未入仕途,遂以诗酒为伴。卒后,于唐昭宗光化三年(900)十二月经韦庄奏请追认为进士,唐人呼进士为“先辈”,故《花间集》称“皇甫先辈”。其诗、文、词均闻名晚唐。

竹　枝

槟榔花发竹枝鹧鸪啼女儿。雄飞烟嶂竹枝雌亦飞女儿。

其　二

木棉花尽竹枝荔枝垂女儿。千花万花竹枝待郎归女儿。

其　三

芙蓉并蒂竹枝一心连女儿。花侵隔子竹枝眼应穿女儿。

其　四

筵中蜡烛竹枝泪珠红女儿。合欢桃核竹枝两人同女儿。

其　五

斜江风起竹枝动横波女儿。劈开莲子竹枝苦心多女儿。

其　六

山头桃花竹枝谷底杏女儿。两花窈窕竹枝遥相映女儿。

摘　得　新

酌一卮。须教玉笛吹。锦筵红蜡烛，莫来迟。繁红一夜经风雨，是空枝。

其　二

摘得新。枝枝叶叶春。管弦兼美酒，最关人。平生都得几十度，展香茵。

忆　江　南

兰烬落，屏上暗红蕉。闲梦江南梅熟日，夜船吹笛雨潇潇。人语驿边桥。

其　二

楼上寝，残月下帘旌。梦见秫陵惆怅事，桃花柳絮满江城。双髻坐吹笙。

浪 淘 沙

滩头细草接疏林。浪恶罾船半欲沉。宿鹭眠鸥飞旧浦,去年沙嘴是江心。

其 二

蛮歌豆蔻北人愁。蒲雨杉风野艇秋。浪起鵁鶄眠不得,寒沙细细入江流。

杨 柳 枝

春入行宫映翠微。玄宗侍女舞烟丝。如今柳向空城绿,玉笛何人更把吹。

其 二

烂熳春归水国时。吴王宫殿柳丝垂。黄莺长叫空闺畔,西子无因更得知。

采 莲 子

菡萏香连十顷陂举棹。小姑贪戏采莲迟年少。晚来弄水船头湿举棹,更脱红裙裹鸭儿年少。

其　二

船动湖光滟滟秋举棹。贪看年少信船流年少。无端隔水抛莲子举棹，遥被人知半日羞年少。

抛　球　乐

红拨一声飘。轻裘坠越绡。带翻金孔雀，香满绣蜂腰。少少抛分数，花枝正索饶。

其　二

金麽花球小，珍珠绣带垂。几回冲蜡烛，千度入香怀。上客终须醉，觥盂且乱排。

天　仙　子

晴野鹭鸶飞一只。水蕟花发秋江碧。刘郎此日别天仙，登绮席。泪珠滴。十二晚峰青历历。

其　二

踯躅花开红照水。鹧鸪飞绕青山嘴。行人经岁始归来，千万里。错相倚。懊恼天仙应有以。

怨 回 纥

　　白首南朝女,愁听异域歌。收兵颉利国,饮马胡卢河。　　　毳布腥膻久,穹庐岁月多。雕窠城上宿,吹笛泪滂沱。

其 二

　　祖席驻征棹,开帆候信潮。隔筵桃叶泣,吹管杏花飘。　　　船去鸥飞阁,人归尘上桥。别离惆怅泪,江路湿红蕉。

　　案:《御选历代诗馀·词人姓氏》曰:"皇甫松,一作嵩,字子奇,睦州人。工部郎中湜之子。"《唐诗纪事》称松为牛僧孺表甥,不相荐举。则松之生年当与飞卿同时。兹从《花间》、《尊前》二集及《全唐诗》共辑得二十二首。《全唐诗》谓松自称檀栾子,遂以名其词。黄叔旸称其《摘得新》二首为有达观之见,余谓不若《忆江南》二阕情味深长,在乐天、梦得上也。光绪戊申季夏海宁王国维记。

香奁词

〔唐〕韩偓

辑四

韩偓(约842—约923)

字致尧(世讹为致光),小字冬郎,自号玉山樵人。京兆万年人,生活于晚唐五代之交。少有诗才,姨父李商隐赞其"雏凤清于老凤声"。唐昭宗龙纪元年(889)进士,历任左拾遗、左谏议大夫、翰林学士等职,后因与朱全忠矛盾而遭贬。晚年拒不承认朱全忠篡唐而建的后梁王朝,隐遁闽中而卒。诗词兼工,风格纤巧,多写闺情,被称为"香奁体"。

忆 眠 时

忆眠时,春梦困腾腾。展转不能起,玉钗垂枕棱。

其 二

忆行时,背手挼金雀。敛笑慢回头,步转栏杆角。

其 三

忆去时,向月迟迟行。强语戏同伴,图郎闻笑声。

生 查 子

　　侍女动妆奁,故故惊人睡。那知本未眠,背面偷垂泪。　　懒卸凤凰钗,羞入鸳鸯被。时复见残灯,和烟坠金穗。

其 二

　　秋雨五更头,桐竹鸣骚屑。却似残春间,断送花时节。　　空楼雁一声,远屏灯半灭。绣被拥娇寒,眉山正愁绝。

浣 溪 沙

拢鬓新收玉步摇。背灯初解绣裙腰。枕寒衾冷异香焦。　　深院不关春寂寂，落花和雨夜迢迢。恨情残醉却无聊。

其　二

宿醉离愁慢髻鬟。六铢衣薄惹轻寒。慵红闷翠掩青鸾。　　罗袜况兼金菡萏，雪肌仍是玉琅玕。骨香腰细更沉檀。

谪 仙 怨

春楼处子倾城，金陵狎客多情。朝云暮雨会合，罗袜绣被逢迎。　　华山梧桐相覆，蛮江豆蔻连生。幽欢不尽告别，秋河怅望平明。

其　二

一灯前雨落夜，三月尽草青时。半寒半暖正好，花开花谢相思。　　惆怅空教梦见，懊恼多成酒悲。红袖不干谁会，揉损联娟淡眉。

其 三

此间青草更远,不唯空绕汀州。那里朝日才出,还应先照西楼。 忆泪因成恨泪,梦游常续心游。桃源洞口来否,绛节霓旌久留。

玉 合

罗囊绣,两凤凰,玉合雕,双𪃟鶒。中有兰膏渍红豆,每回拈着长相忆。长相忆,经几春。人怅望,香氤氲。开缄不见新书迹,带粉犹残旧泪痕。

金 陵

风雨潇潇。石头城下木兰桡。烟月迢迢。金陵渡口去来潮。自古风流皆暗销。才魄妖魂谁与招。彩笺丽句今已矣,罗袜金莲何寂寥。

木 兰 花

绝代佳人何寂寞。梨花未发梅花落。东风吹雨入西园,银线千条度虚阁。 脸粉难匀蜀酒浓,口脂易印吴绫薄。娇娆意态不胜春,愿倚郎肩永相着。

案：唐人诗、词尚未分界，故《调笑》、《三台》、《忆江南》诸调皆入诗集，不独《竹枝》、《柳枝》、《浪淘沙》诸词本系七言绝句也。致光之词见于《尊前集》者，仅《浣溪沙》二阕，然《香奁集》中之长短句尚十阕许，兹辑成一卷。《忆眠时》本沈隐侯创调，隋炀帝继之，升庵视为词祖，唯致光词少二句耳。"春楼处子"三首比《三台》多二韵，比冯正中《寿山曲》少一韵。考《全唐诗》及《历代诗馀》、《天籁轩词谱》，唐人刘长卿、窦弘馀等皆填此调，名《谪仙怨》，今从之。至《玉合》、《金陵》二首，皆系致光创调，而《金陵》尤纯乎词格。《木兰花》亦本系七古，然飞卿诗中之《春晓曲》，《草堂诗馀》已改为《木兰花》，固非自我作古也。光绪戊申季夏海宁王国维记。

红叶稿

〔晋〕和凝 辑五

和凝（898—955）

　　字成绩，五代郓州人。幼而聪颖，好学知书，17 岁举明经，19 岁登进士第，历仕梁、唐、晋、汉、周五朝。梁时初为宣义军节度使贺瑰辟置幕下，后历郓、邓、洋三府从事。后唐初，拜殿中侍御史，累迁翰林学士、知贡举。后晋时，官至中书侍郎同平章事。后晋亡，入辽为翰林学士，旋归后汉，除太子太保，封鲁国公。后周时，任太子太傅。好文学，长于短歌艳曲，语言清新爽朗。少年时作词颇多，流传甚广，然自加销毁者众，今所传者仅二十馀首。

渔　父

白芷汀寒立鹭鸶。蘋风轻剪浪花时。烟幂幂，日迟迟。香引芙蓉惹钓丝。

解　红

百戏罢，五音清。解红一曲新教成。两个瑶池小仙子，此时夺却柘枝名。

柳　枝

软碧摇烟似送人。映花时把翠娥颦。青青自是风流主，漫飐金丝待洛神。

其　二

瑟瑟罗裙金缕腰。黛眉偎破未重描。醉来咬破新花子，拽住仙郎尽放娇。

其　三

鹊桥初就咽银河。今夜仙郎自姓和。不是昔年攀桂树，岂能月里索嫦娥。

天 仙 子

柳色披衫金缕凤。纤手轻拈红豆弄。翠蛾双脸正含情,桃花洞。瑶台梦。一片春愁谁与共。

其 二

洞口春红飞簌簌。仙子含愁眉黛绿。阮郎何事不归来,懒烧金,慵篆玉。流水桃花空断续。

江 城 子

初夜含娇入洞房。理残妆。柳眉长。翡翠屏中,亲爇玉炉香。整顿金钿呼小玉,排红烛,待潘郎。

其 二

竹里风生月上门。理秦筝。对云屏。轻拨朱弦,恐乱马嘶声。含恨含娇独自语,今夜约,太迟生。

其 三

斗转星移玉漏频。已三更。对栖莺。呖呖花间,似有马啼声。含笑整衣开绣户,斜敛手,下阶迎。

其　四

迎得郎来入绣帏。语相思。连理枝。鬓乱钗垂，梳堕印山眉。娅姹含情娇不语，纤玉手，抚郎衣。

其　五

帐里鸳鸯交颈情。恨鸡声。已天明。愁见街前，还是说归程。临上马时期后会，待梅绽，月初生。

何　满　子

写得鱼笺无限，其如花锁春晖。目断巫山云雨，空教残梦依依。却爱熏香小鸭，羡他长在屏帏。

其　二

正是破瓜年几，含情惯得人饶。桃李精神鹦鹉舌，可堪虚度良宵。却爱蓝罗裙子，羡他长束纤腰。

望　梅　花

春草全无消息。腊雪犹馀踪迹。越岭寒枝香自折。冷艳奇芳堪惜。何事寿阳无处觅。吹入谁家横笛。

薄 命 女

天欲晓。宫漏穿花声缭绕。窗里星光少。　　冷霞寒侵帐额,残月光沉树杪。梦里锦帷空悄悄。强起愁眉小。

《人间词话手稿》八七　此词前半,不减夏英公《喜迁莺》也。此词见《乐府雅词》,《历代诗馀》选之。

春 光 好

纱窗暖,画屏闲。髻云鬟。睡起四肢娇无力,半春间。　　玉指剪裁罗胜,金罗点缀酥山。窥宋深心无限事,小眉弯。

其 二

蘋叶软,杏花明。画船轻。双浴鸳鸯出绿汀。棹歌声。　　春水无风①无浪,春天半雨半晴。红粉相随南浦晚,几含情。

---

①　各本"风"下均衍"波"字,今据《御定词谱》所载词谱删。又此词于《欧阳平章词》内重出,字句稍有不同。

抛球乐 别见《阳春集》。

尽日登高兴未阑。红楼人散月盘桓。一钩冷雾悬珠箔,满面西风凭玉栏。归去须沉醉,小院新池月乍寒。

菩萨蛮

越梅半坼轻寒里。冰清澹薄笼蓝水。暖觉杏梢红。游丝狂惹风。　　闲阶莎径碧。远梦犹堪惜。离恨又迎春。相思难重陈。

采桑子

蝤蛴领上诃梨子,绣带双垂。朱户闲时。竞学樗蒲赌荔枝。　　丛头鞋子红编细,裙窣金丝。无事颦眉。春思翻教阿母疑。

喜迁莺 别见《阳春集》。

晓月坠,宿云披。银烛锦屏帏。建章钟动玉绳低。宫漏出花迟。　　春态浅,来双燕。红日初长一线。严妆欲罢啭黄鹂。飞上万年枝。

山 花 子

莺锦蝉縠馥麝脐。轻裾花草晓烟迷。鸂鶒颭金红掌坠，翠云低。　　星靥笑偎霞脸畔，蹙金开襜衬银泥。春思半和芳草嫩，碧萋萋。

其 二

银字笙寒调正长。水纹簟冷画屏凉。玉腕重□金扼臂，淡梳妆。　　几度试香纤手暖，一回尝酒绛唇光。倖弄红丝蝇拂子，打檀郎。

临 江 仙

海棠香老春江晚，小楼雾縠空濛。翠鬟初出绣帘中。麝烟鸾佩惹蘋风。　　碾玉钗摇鸂鶒战，雪肌云鬓将融。含情遥指碧波东。越王台殿蓼花红。

其 二

披袍窣地红宫锦，莺语时转轻音。碧罗冠子稳犀簪。凤凰双飐步摇金。　　肌骨细匀红玉软，脸波微送春心。娇羞不肯入鸳衾。兰膏光里两情深。

小 重 山

　　春入神京万木芳。禁林莺语滑,蝶飞狂。晓花擎露妒啼妆。红日永,风和百花香。　　烟锁柳丝长。御沟澄碧水,转池塘。时时微雨洗风光。天衢远,到处引笙簧。

其 二

　　正是神京烂漫时。群仙初折得,郄诜枝。乌犀白纻最相宜。精神出,御陌袖鞭垂。　　柳色展愁眉。管弦分响亮,探花期。光阴占断曲江池。新榜上,名姓彻丹墀。

麦 秀 两 歧

　　凉簟铺斑竹。鸳枕并红玉。脸莲红,眉柳绿。胸雪宜新浴。淡黄衫子裁春縠。异香芬馥。　　羞道交回烛。未惯双双宿。树连枝,鱼比目。掌上腰如束。娇娆不争人拳跼。黛眉微蹙。

　　案:《宋史·艺文志》有和凝《演论集》三十卷,又《游艺集》五十卷,《红药编》五卷。《御选历代诗馀》云:凝有集百馀卷,长短句名《红叶稿》,殆即《宋志》所云《红药编》者。然考焦竑《国史经籍志》,《红药编》五卷入制诰类,则非长短句明矣。今考《历代诗馀》所选凝词,除见于《花间集》、《全唐诗》者,其《抛球乐》、《喜迁莺》二阕,亦见冯延巳《阳春录》,馀无所增益,恐所谓《红叶稿》者,亦但据《词综》书之。但《词综》唯云凝有《红叶稿》,《历代诗馀》遂以为凝词之名耳。兹辑成一卷,仍用此名,以便称举而已。光绪戊申季夏海宁王国维记。

浣花词

〔蜀〕韦庄 辑六

韦庄(约836—约910)

字端己,晚唐五代杜陵人,出身唐代望族京兆韦氏,诗人韦应物四世孙,但生时家道已衰。早年屡试不第,为人疏旷不拘。广明元年(880)应举长安不第,值黄巢入破京师,遂陷于战乱,以所睹作《秦妇吟》诗,时人号曰"《秦妇吟》秀才"。年近六十方中进士,授校书郎。后为李询辟为判官,奉使入蜀,归朝后擢左补阙。天复元年(901)入蜀,为王建掌书记。及朱全忠篡唐自立,劝王建称帝,定开国制度,任吏部侍郎兼平章事(宰相)。卒谥文靖。韦庄一生著述颇丰,诗词兼工。其词风格清丽,与温庭筠词同为"花间派"代表。

诉 衷 情

烛烬香残帘半卷,梦初惊。花欲谢。深夜。月笼明。何处案歌声。轻轻。舞衣尘暗生。负春情。

其 二

碧沼红芳烟雨静,倚兰桡。垂玉佩。交带。袅纤腰。鸳梦隔星桥。迢迢。越罗香暗销。坠花翘。

天 仙 子

怅望前回梦里期。看花不语苦寻思。露桃宫里小腰肢。眉眼细,鬓云垂。唯有多情宋玉知。

其 二

蟾彩霜华夜不分。天外鸿声枕上闻。绣衾香冷懒重熏。人寂寂,叶纷纷。才睡依前梦见君。

其 三

梦觉银屏依旧空。杜鹃声咽隔帘栊。玉郎薄幸去无踪。一日日,恨重重。泪界莲腮两线红。

其 四

金似衣裳玉似身。眼如秋水鬓如云。霞裙月帔一群群。来洞口，望烟分。刘阮不来春日曛。

其 五

深夜归来长酩酊。扶入流苏犹未醒。醺醺酒气麝兰和。惊睡觉，笑呵呵。长笑人生得几何。

江 城 子

恩重娇多情易伤。漏更长。解鸳鸯。朱唇未动，先觉口脂香。缓揭绣衾抽皓腕，移凤枕，枕檀郎。

其 二

髻鬟狼藉黛眉长。出兰房。别檀郎。角声呜咽，星斗渐微茫。露冷月残人未起，留不住，泪千行。

定 西 番

挑尽金灯红烬，人灼灼，漏迟迟。未眠时。　　斜倚银屏无语。闲愁上翠眉。闷杀梧桐残雨。滴相思。

其 二

芳草丛生缕结,花艳艳,雨濛濛。晓庭中。　　塞远久无音问,愁销镜里红。紫燕黄鹂犹自,恨无穷。

思 帝 乡

云髻坠。凤钗垂。髻坠钗垂无力,枕函敧。翡翠屏深月落,漏依依。说尽人间天上,两心知。

其 二

春日游。杏花吹满头。陌上谁家年少,足风流。妾拟将身嫁与,一生休。纵被无情弃,不能羞。

上 行 杯

芳草灞陵春岸。柳烟深,满楼弦管。一曲离声肠寸断。　　今日送君千万。红楼玉盘金镂盏。须劝。珍重意,莫辞满。

其 二

白马玉鞭金辔。少年郎,离别容易。迢递去程千万里。　　惆怅万重云水。满酌一杯劝和泪。须愧。珍重意,莫辞醉。

酒　泉　子

月落星沉。楼上美人春睡。绿云倾,金枕腻。画屏深。　　子规啼破相思梦。曙色东方才动。柳烟轻,花露重。思难任。

女　冠　子

四月十七。正是去年今日。别君时。忍泪佯低面,含羞半敛眉。　　不知魂已断,空有梦相随。除却天边月,没人知。

其　二

昨夜夜半。枕上分明梦见。语多时。依旧桃花面,频低柳叶眉。　　半羞还半喜,欲去又依依。觉来知是梦,不胜悲。

浣　溪　沙

清晓妆成寒食天。柳球斜袅间花钿。卷帘直出画堂前。　　指点牡丹初绽朵,日高犹自凭朱栏。含颦不语恨春残。

其 二

　　欲上秋千四体慵。拟教人送又心忪。画堂帘幕月明风。　　此夜有情谁不极，隔墙梨雪又玲珑。玉容憔悴惹微红。

其 三

　　惆怅梦馀山月斜。孤灯照壁背窗纱。小楼高阁谢娘家。　　暗想玉容何所似，一枝春雪冻梨花。满身香雾簇朝霞。

其 四

　　绿树藏莺莺正啼。柳丝斜拂白铜堤。弄珠江上草萋萋。　　日暮饮归何处客，绣鞍骢马一声嘶。满身兰麝醉如泥。

其 五

　　夜夜相思更漏残。伤心明月凭栏干。想君思我锦衾寒。　　咫尺画堂深似海，忆来唯把旧书看。几时携手入长安。

归 国 遥

春欲暮。满地落花红带雨。惆怅玉笼鹦鹉。单栖无伴侣。　　南望去程何许。问花花不语。早晚得同归去。恨无双翠羽。

其 二

金翡翠。为我南飞传我意。鼋画桥边春水。几年花下醉。　　别后只知相愧。泪珠难远寄。罗幕绣帏鸳被。旧欢如梦里。

其 三

春欲晚。戏蝶游蜂花烂漫。日落谢家池馆。柳丝金缕断。　　睡觉绿鬟风乱。画屏云雨散。闲倚博山长叹。泪流沾皓腕。

菩 萨 蛮

红楼别夜堪惆怅。香灯半卷流苏帐。残月出门时。美人和泪辞。　　琵琶金翠羽。弦上黄莺语。劝我早归家。绿窗人似花。

其 二

人人尽说江南好。游人只合江南老。春水碧于天。画船听雨眠。　　炉边人似月。皓腕凝霜雪。未老莫还乡。还乡须断肠。

其 三

如今却忆江南乐。当时年少春衫薄。骑马倚斜桥。满楼红袖招。　　翠屏金屈曲。醉入花丛宿。此度见花枝。白头誓不归。

其 四

劝君今夜须沉醉。尊前莫话明朝事。珍重主人心。酒深情亦深。　　须愁春漏短。莫诉金杯满。遇酒且呵呵。人生得几何。

其 五

洛阳城里春光好。洛阳才子他乡老。柳暗魏王堤。此时心转迷。　　桃花春水绿。水上鸳鸯宿。凝恨对斜晖。忆君君不知。

更 漏 子

钟鼓寒,楼阁暝。月照古桐金井。深院闭,小庭空。落花香露红。　　烟柳重,春雾薄。灯背小窗高阁。闲倚户,暗沾衣。待郎郎不归。

谒 金 门

春雨足。染就一溪新绿。柳外飞来双鸀玉。弄晴相对浴。　　楼外翠帘高轴。倚遍栏干几曲。云淡水平烟树簇。寸心千里目。

其 二

春漏促。金烬暗挑残烛。一夜帘前风撼竹。梦魂相断续。　　有个娇娆如玉。夜夜绣屏孤宿。闲抱琵琶寻旧曲。远山眉黛绿。

其 三

空相忆。无计得传消息。天上嫦娥人不识。寄书何处觅。　　新睡觉来无力。不忍把伊书迹。满院落花春寂寂。断肠芳草碧。

清平乐 别见《阳春集》。

春愁南陌。故国音书隔。细雨霏霏梨蕊白。燕拂画帘金额。　尽日相望王孙。尘满衣上泪痕。谁向桥边吹笛，驻马西望销魂。

其　二

野花芳草。寂寞关山道。柳吐金丝莺语早。惆怅香闺暗老。　罗带悔结同心。独凭朱栏思深。梦觉半床斜月，小窗风触鸣琴。

其　三

何处游女。蜀国多云雨。云解有情花解语。窣地绣罗金缕。　妆成不整金钿。含羞待月秋千。住在绿槐阴里，门临春水桥边。

其　四

莺啼残月。绣阁香灯灭。门外马嘶郎欲别。正是落花时节。　妆成不画蛾眉。含愁独倚金扉。去路香尘莫扫，扫即郎去归迟。

其　五

　　琐窗春暮。满地梨花雨。君不归来情又去。红泪散沾金缕。　　梦魂飞断烟波。伤心不奈春何。空把金针独坐，鸳鸯愁绣双窠。

其　六

　　绿杨春雨。金线飘千缕。花拆香枝黄鹂语。玉勒雕鞍何处。　　碧窗望断燕鸿。翠帘睡眼濛濛。宝瑟谁家弹罢，含悲斜倚屏风。

喜　迁　莺

　　人汹汹，鼓咚咚。襟袖五更风。大罗天上月朦胧。骑马上虚空。　　香满衣，云满路。鸾凤绕身飞舞。霓旌绛节一群群。引见玉华君。

其　二

　　街鼓动，禁城开。天上探人回。凤衔金榜出云来。平地一声雷。　　莺已迁，龙已化。一夜满城车马。家家楼上簇神仙。争看鹤冲天。

应天长 别见《阳春录》。

绿槐阴里黄莺语。深院无人春昼午。画帘垂，金凤舞。寂寞绣屏香一炷。　　碧天云，无定处。空有梦魂来去。夜夜绿窗风雨。断肠君信否。

其　二

别来半岁音书绝。一寸离肠千万结。难相见，易相别。又是玉楼花似雪。　　暗相思，无处说。惆怅夜来烟月。想得此时情切。泪沾红袖黦。

荷 叶 杯

绝代佳人难得。倾国。花下见无期。一双愁黛远山眉。不忍更思惟。　　闲掩翠屏金凤。残梦。罗幕画堂空。碧天无路信难通。惆怅旧房栊。

其　二

记得那年花下。深夜。初识谢娘时。水堂西面画帘垂。携手暗相期。　　惆怅晓莺残月。相别。从此隔音尘。如今俱是异乡人。相见更无因。

河 传

何处。烟雨。隋堤春暮。柳色葱茏。画桡金缕。翠旗高飐香风。水光融。　　青娥殿脚春妆媚。轻云里。绰约司花妓。江都宫阙,清淮月映迷楼。古今愁。

其 二

春晚。风暖。锦城花满。狂杀游人。玉鞭金勒,寻胜驰骤轻尘。惜良辰。　　翠娥争劝临邛酒。纤纤手。拂面垂丝柳。归时烟里,钟鼓正是黄昏。暗销魂。

其 三

锦浦。春女。绣衣金缕。雾薄云轻。花深柳暗,时节正是清明。雨初晴。　　玉鞭魂断烟霞路。莺莺语。一望巫山雨。香尘隐映,遥望翠槛红楼。黛眉愁。

其 四

锦里。蚕市。满街珠翠。千万红妆。玉蝉金雀,宝髻花簇鸣珰。绣衣长。　　日斜归去人难见。青楼远。队队行云散。不知今夜,何处深锁兰房。隔仙乡。

木 兰 花

独上小楼春欲暮。愁望玉关芳草路。消息断,不逢人,却敛细眉归绣户。　　坐看落花空叹息。罗袂湿斑红泪滴。千山万水不曾行,魂梦欲教何处觅。

小 重 山

一闭昭阳春又春。夜寒宫漏永,梦君恩。卧思陈事暗消魂。罗衣湿,红袂有啼痕。　　歌吹隔重阍。绕庭芳草绿,倚长门。万般惆怅向谁论。凝情立,宫殿欲黄昏。

望 远 行

欲别无言倚画屏。含恨暗伤情。谢家庭树锦鸡鸣。残月落边城。　　人欲别,马频嘶。绿槐千里长堤。出门芳草路萋萋。云雨别来易东西。不忍别君后,却入旧香闺。

案:《宋史·艺文志》载:韦庄,《浣花集》十卷。《历代诗馀·词人姓氏》则谓庄有集二十馀卷。其弟蔼编定其诗为五卷。今二十馀卷本不传,则词在集中与否亦不可知矣。《全唐诗》所载端己词共五十四首,兹录为一卷。中见于《花间集》者四十八首，见于《尊前集》者五首，见于《草堂诗馀》者一首。《应天长》第一阕亦见《阳春录》中，唯《花间》属之端己。端己词情深语秀，虽规模不及后主、正中，要在飞卿之上。观昔人颜、谢优劣论，可知矣。光绪戊申季夏海宁王国维记。

《人间词话》一四　　韦端己之词，骨秀也。

薛侍郎词

〔蜀〕薛昭蕴　辑七

薛昭蕴(? —?)

薛昭蕴,字里均无可考。按《花间集》据词人生年排序之例,则其生年当晚于韦庄、早于牛峤。《花间集》称其为"薛侍郎",知其曾官侍郎。王国维于此辑末疑昭蕴为《全唐诗》所载薛昭纬兄弟行;又于数年后所作之《庚辛之间读书记·花间集》疑昭蕴与昭纬为一人,学界多持此说。昭纬,字纪化,孙光宪《北梦琐言》称"薛澄州"、"薛侍郎",唐末河东人,乾宁中为礼部侍郎,贡举得人,文章秀丽,恃才傲物,个性鲜明。其著作今所传者甚少;词赖《花间集》存19首,风格清丽委婉,接近韦庄。

相见欢 别见《阳春集》。

罗襦绣袂香红。画堂中。细草平沙蕃马,小屏风。　卷罗幕。凭妆阁。思无穷。暮雨轻烟肠断,隔帘栊。

醉 公 子

慢绾青丝发。光研吴绫袜。床上小熏笼。韶州新退红。　叵耐无端处。捻得从头污。恼得眼慵开。问人闲事来。

女 冠 子

求仙去也。翠钿金篦尽舍。入岩峦。雾卷黄罗帔,云雕白玉冠。　野烟溪洞冷,林月石桥寒。静夜松风下,礼天坛。

其 二

云罗雾縠。新授明威法箓。降真函。鬓绾青丝发,冠抽碧玉簪。　往来云过五,去住岛经三。正遇刘郎使,启瑶缄。

浣 溪 沙

红蓼渡头秋正雨,印沙鸥迹自成行。整鬟飘袖野风香。　　不语含嚬深浦里,几回愁杀棹船郎。燕归帆尽水茫茫。

其　二

钿匣菱花锦带垂。静临兰槛卸头时。约鬟低珥算归期。　　花茂草青湘渚阔,梦馀空有漏依依。二年终日损芳菲。

其　三

粉上依稀有泪痕。郡庭花落欲黄昏。远情深恨与谁论。　　记得去年寒食节,延秋门外卓金轮。日斜人散暗销魂。

其　四

握手河桥柳似金。蜂须轻惹百花心。蕙风兰思寄清琴。　　意满便同春水满,情深还似酒杯深。楚烟湘月两沉沉。

其 五

帘外三间出寺墙。满街垂柳绿阴长。嫩红轻翠间浓妆。　　瞥地见时犹可可,却来闲处暗思量。如今情事隔仙乡。

其 六

江馆清秋缆客船。故人相送夜开筵。麝烟兰焰簇花钿。　　正是断魂迷楚雨,不堪离恨咽湘弦。月高霜白水连天。

其 七

倾国倾城恨有馀。几多红泪泣姑苏。倚风凝睇雪肌肤。　　吴主山河空落日,越王宫殿半平芜。藕花菱蔓满平湖。

其 八

越女淘金春水上。步摇云鬓佩鸣珰。渚风江草又清香。　　不为远山凝翠黛,只应含恨向斜阳。碧桃花谢忆刘郎。

谒 金 门

春满院。叠损罗衣金线。睡觉水精帘未卷。帘前双语燕。　　斜掩金铺一扇。满地落花千片。早是相思肠欲断。忍教频梦见。

喜 迁 莺

残蟾落,晓钟鸣。羽化觉身轻。乍无春睡有馀酲。杏苑雪初晴。　　紫陌长,襟袖冷。不是人间风景。回看尘土是前生。休羡谷中莺。

其 二

金门晓,玉京春。骏马骤轻尘。桦烟深处白衫新。认得化龙身。　　九陌喧,千户启。满袖桂花风细。杏园欢宴曲江滨。自此占芳辰。

其 三

清明节,雨晴天。得意正当年。马骄泥软锦连乾。香袖半笼鞭。　　花色融,人竞赏。尽是绣鞍朱鞅。日斜无计更流连。归路草和烟。

小 重 山

春到长门春草青。玉阶花露滴,月胧明。东风吹断紫箫声。宫漏促,帘外晓啼莺。　　愁极梦难成。红妆流宿泪,不胜情。手挼裙带绕花行。思君切,罗幌暗尘生。

其 二

秋到长门秋草黄。画梁春燕去,出宫墙。玉箫无复理霓裳。金蝉睡,鸾镜掩休妆。　　忆昔在昭阳。舞衣红袖带,绣鸳鸯。至今犹惹御炉香。魂梦断,愁听漏更长。

离 别 难

宝马晓鞲雕鞍。罗帏乍别情难。那堪春景媚。送君千万里。半妆珠翠落,露华寒。红蜡烛。青丝曲。偏能勾引泪阑干。　　良夜促。香尘绿。魂欲迷。檀眉半敛愁低。未别心先咽。欲语情难说。出芳草、路东西。摇袖立。春风急。樱花杨柳两凄凄。

案:昭蕴,字里均无可考。《花间集》止称薛侍郎而已,唯《全唐诗》载薛昭纬,河东人,乾宁中为礼部侍郎,天复中累贬磜州司马。昭蕴当即其兄弟行。又《北梦琐言》称昭纬恃才傲物，每入朝省，弄笏而行，旁若无人，好唱《浣溪沙》词。今昭蕴词中亦以《浣溪沙》词为最多，殆一门有同好欤？其词《花间集》有十九首，《全唐诗》同。今录为一卷。光绪戊申季夏海宁王国维记。

《庚辛之间读书记·花间集》　按《唐书·薛廷老传》：廷老子保逊，保逊子昭纬，乾宁中至礼部侍郎，性轻率，坐事贬磜州刺史。《旧书》略同。《北梦琐言》十：唐薛澄州昭纬即保逊之子，恃才傲物，亦有父风。每入朝省，弄笏而行，旁若无人，好唱《浣溪沙》词。今此集载昭蕴词十九首，其八首为《浣溪沙》，又称为薛侍郎，恐与昭纬为一人。纬、蕴二字俱从系，必有一误也。

牛给事词

〔蜀〕牛峤　辑八

牛峤（848？—？）

字松卿，一字延峰，唐末五代陇西人，中唐宰相牛僧孺之孙。生卒年不详。唐僖宗乾符五年(878)进士，随驾奔蜀，历官拾遗、补阙、尚书郎。王建镇蜀，辟为判官；前蜀开国，任秘书监，以给事中卒于成都，故称"牛给事"。博学有文，以歌诗著名。其词风近似温庭筠，为"花间派"典型代表。

忆 江 南

衔泥燕，飞到画堂前。占得杏梁安稳处，体轻惟有主人怜。堪羡好因缘。

其 二

红绣被，两两间鸳鸯。不是鸟中偏爱尔，为缘交颈睡南塘。全胜薄情郎。

柳 枝

解冻风来末上青。解垂罗袖拜卿卿。无端袅娜临官路，舞送行人过一生。

其 二

吴王宫里色偏深。一簇纤条万缕金。不愤钱唐苏小小，引郎松下结同心。

其 三

桥北桥南千万条。恨伊张绪不相饶。金羁白马临风望，认是杨家静婉腰。

其 四

狂雪随风扑马飞。惹烟无力被春欺。莫教移入灵和殿,宫女三千又妒伊。

其 五

袅翠笼烟拂暖波。舞裙新染曲尘罗。章华台畔隋堤上,傍得东风尔许多。

西 溪 子

捍拨双盘金凤。蝉鬓玉钗摇动。画堂前,人不语。弦解语。弹到昭君怨处。翠蛾愁。不抬头。

江 城 子

鵁鶄飞起郡城东。碧江空。半滩风。越王宫殿,蘋叶藕花中。帘卷水楼鱼浪起,千片雪,雨濛濛。

其 二

极浦烟消水鸟飞。分手时。送金卮。渡口杨花,狂雪任风吹。日暮空江波浪急,芳草岸,雨如丝。

望 江 怨

东风急。惜别花时手频执。罗帏愁独入。马嘶残雨春芜湿。倚门立。寄语薄情郎,粉香和泪泣。

定 西 番

紫塞月明千里,金甲冷,戍楼寒。梦长安。　　乡思望中天阔,漏残星亦残。画角数声呜咽,雪漫漫。

女 冠 子

绿云高髻。点翠匀红时世。月如眉。浅笑含双靥,低声唱小词。　　眼看唯恐化,魂荡欲相随。玉趾回娇步,约佳期。

其 二

锦江烟水。卓女烧香浓美。小檀霞。绣带芙蓉帐,金钗芍药花。　　额黄侵腻发,臂钏透红纱。柳暗莺啼处,认郎家。

其 三

星冠霞帔。住在蕊珠宫里。佩叮当。明翠摇蝉翼,纤珪理宿妆。　　醮坛春草绿,药院杏花香。青鸟传心事,寄刘郎。

其　四

双飞双舞。春昼后园莺语。卷罗帏。锦字书封了,银河雁过迟。　　鸳鸯排宝帐,豆蔻绣连枝。不语匀珠泪,落花时。

酒 泉 子

记得去年,烟暖杏园花正发,雪飘香。江草绿,柳丝长。　　钿车纤手卷帘望。眉学春山样。凤钗低袅翠鬟上。落梅妆。

菩 萨 蛮

舞裙香暖金泥凤。画梁语燕惊残梦。门外柳花飞。玉郎犹未归。　　愁匀红粉泪。眉剪春山翠。何处是辽阳。锦屏春昼长。

其　二

柳花飞处莺声急。晴街春色香车立。金凤小帘开。脸波和恨来。　　今宵求梦想。难到青楼上。赢得一场愁。鸳衾谁并头。

其 三

玉钗风动春幡急。交枝红杏笼烟泣。楼上望卿卿。窗寒新雨晴。　　熏笼蒙翠被。绣帐鸳鸯睡。何处有相知。羡他初画眉。

其 四

画屏重叠巫阳翠。楚神尚有行云意。朝暮几般心。向他情谩深。　　风流今古隔。虚作瞿塘客。山月照山花。梦回灯影斜。

其 五

风帘燕舞莺啼柳。妆台约鬓低纤手。钗重髻盘珊。一枝红牡丹。　　门前行乐客。白马嘶春色。故故坠金鞭。回头应眼穿。

其 六

绿云鬓上飞金雀。愁眉敛翠春烟薄。香阁掩芙蓉。画屏山几重。　　窗寒天欲曙。犹结同心苣。啼粉浣罗衣。问郎何日归。

其 七

玉炉冰簟鸳鸯锦。粉融香汗流山枕。帘外辘轳声。敛眉含笑惊。　　柳阴烟漠漠。低鬟蝉钗落。须作一生拼。尽君今日欢。

《人间词话手稿》五一：词家多以景寓情。其专作情语而绝妙者，如牛峤之"甘作一生拼，尽君今日欢"、顾敻之"换我心为你心，始知相忆深"、欧阳修之"衣带渐宽终不悔，为伊消得人憔悴"、美成之"许多烦恼，只为当时，一晌留情"，此等词古今曾不多见。余《乙稿》中颇于此方面有开拓之功。

更 漏 子

星渐稀，漏频转。何处轮台声怨。香阁掩，杏花红。月明杨柳风。　　挑锦字。记情事。惟愿两心相似。收泪语，背灯眠。玉钗横枕边。

其 二

春夜阑，更漏促。金烬暗挑残烛。惊梦断，锦屏深。两乡明月心。　　闺草碧。望归客。还是不知消息。孤负我，悔怜君。告天天不闻。

其　三

南浦情，红粉泪。争奈两人深意。低翠黛，卷征衣。马嘶霜叶飞。　　招手别。寸肠结。还是去年时节。书托雁，梦归家。觉来江月斜。

感　君　多

两条红粉泪。多少香闺意。强攀桃李枝。敛愁眉。　　陌上莺啼蝶舞，柳花飞。柳花飞。愿得郎心，忆家还早归。

其　二

自从南浦别。愁见丁香结。近来情转深。忆罗衾。　　几度将书托烟雁，泪盈襟。泪盈襟。礼月求天，愿君知我心。

应　天　长

玉楼春望晴烟灭。舞衫斜卷金条脱。黄鹂娇啭声初歇。杏花飘尽龙山雪。　　凤钗低赴节。筵上王孙愁绝。鸳鸯对衔罗结。两情深夜月。

其 二

双眉淡薄藏心事。清夜背灯娇又醉。玉钗横，娇枕腻。宝帐鸳鸯春睡美。　　别经时，无限意。虚道相思憔悴。莫信彩笺书里。赚人肠断字。

木 兰 花

春入横塘摇浅浪。花落小园空惆怅。此情谁信为狂夫，恨翠愁红流枕上。　　小玉窗前嗔燕语。红缕滴穿金线缕。雁归不见报郎归，织成锦字封寄与。

案：《御选历代诗馀·词人姓氏》云：牛峤，字松卿，一字延峰，陇西人，唐宰相僧孺之后。《全唐诗》云：自云僧孺之孙。乾符五年进士，历官拾遗，补尚书郎。王建镇蜀，辟为判官。后事蜀，为给事中。有集三十卷。《全唐诗》云：《歌诗》三卷。今存六首。今从《花间集》录出峤词三十二首，都为一卷。光绪戊申季夏海宁王国维记。

牛中丞词

〔蜀〕牛希济　辑九

牛希济(872? —?)

唐末五代陇西人,牛峤兄子。早年即有文名,而未应举。唐末世乱,入蜀投奔牛峤,旅居巴南。前蜀开国后为时辈所排,十年不调。后被召入仕,官至翰林学士、御史中丞,世称"牛学士"、"牛中丞"。蜀亡入洛,降于后唐,拜雍州节度副使。文学创作以古文及词为著名,词风自然平易,不事雕琢。

生 查 子

春山烟欲收，天澹星稀小。残月脸边明，别泪临清晓。　　语多情未了，回首犹重道。记得绿罗裙，处处怜芳草。

其 二

新月曲如眉，未有团圞意。红豆不堪看，满眼相思泪。　　终日劈桃穰，人在心儿里。两朵隔墙花，早晚成连理。

其 三

裙拖安石榴，鬓軃偏荷叶。一对短金钗，轻重都相惬。　　轻軃月入眉，浅笑花生颊。夫婿不风流，取次看承妾。

其 四

轻轻制舞衣，小小裁歌扇。三月柳浓时，又向津亭见。　　垂泪送行人，湿破红妆面。玉指袖中弹，一曲清商怨。

中 兴 乐

池塘暖碧浸晴晖。濛濛柳絮轻飞。红蕊凋来,醉梦还稀。 春云空有雁归。珠帘垂。东风寂寞,恨郎抛掷,泪湿罗衣。

酒 泉 子

枕转簟凉。清晓远钟残梦。月光斜,帘影动。旧炉香。 梦中说尽相思事。纤手匀双泪。去年书,今日意。断人肠。

谒 金 门

秋已暮。重叠关山歧路。嘶马摇鞭何处去。晓禽霜满树。 梦断禁城钟鼓。泪滴枕檀无数。一点凝红和薄雾。翠蛾愁不语。

临 江 仙

峭碧参差十二峰。冷烟寒树重重。瑶姬宫殿是仙踪。金炉珠帐,香霭昼偏浓。 一自楚王惊梦断,人间无路相逢。至今云雨带愁容。月斜江上,征棹动晨钟。

其 二

谢家仙观寄云岑。岩萝拂地成阴。洞房不闭白云深。当时丹灶，一粒化黄金。　　石壁霞衣犹半挂，松风长似鸣琴。时闻鹤唳起前林。十洲高会，何处许相寻。

其 三

渭阙宫城秦树凋。玉树独上无聊。含情不语自吹箫。调清和恨，天路逐风飘。　　何事乘龙人忽降，似知深意相招。三清携手路非遥。世间屏障，彩笔画娇娆。

其 四

江绕黄陵春庙间。娇莺独语关关。满庭重叠绿苔斑。阴云无事，四散自归山。　　箫鼓声稀香烬冷，月娥敛尽弯环。风流皆道胜人间。须知狂客，判死为红颜。

其 五

素洛春光潋滟平。千重媚脸初生。凌波罗袜势轻轻。烟笼日照,珠翠半分明。　　风引宝衣疑欲舞,鸾回凤翥堪惊。也知心许恐无成。陈王辞赋,千载有声名。

其　六

柳带遥风汉水滨。平芜两岸争匀。鸳鸯对浴浪痕新。弄珠游女,微笑自含春。　　轻步暗移蝉鬓动,罗裙风惹轻尘。水精宫殿岂无因。空劳纤手,解佩赠情人。

其　七

洞庭波浪飐晴天。君山一点凝烟。此中真境属神仙。玉楼珠殿,相映月轮边。　　万里平湖秋色冷,星辰垂影参然。橘林霜重更红鲜。罗浮山下,有路暗相连。

案:《历代诗馀·词人姓氏》:牛希济,峤之兄子。王衍时累官翰林学士、御史中丞。降于后唐,明宗拜为雍州节度副使。其词《花间集》有十一首,复从《词林万选》补三首,录为一卷。《十国春秋》云:希济次牛峤《女冠子》四阕,时辈啧啧称道。《女冠子》今不可考矣。光绪戊申季夏海宁王国维记。

毛司徒词

〔蜀〕毛文锡 辑十

毛文锡（？—？）

字平珪，唐末五代高阳人，一作南阳人，生卒年不详。父龟范，为唐太仆卿。平珪 14 岁进士及第。唐亡，仕于前蜀，官中书舍人、翰林学士，后迁翰林学士承旨。永平四年（914）迁礼部尚书，判枢密院事。通正元年（916）进文思殿大学士，拜为司徒，世称"毛司徒"。其词成就不高，然亦有别趣，郑振铎谓为"词中别调"。

西溪子

昨夜西溪游赏。芳树奇花千样。锁春光。金尊满。听弦管。娇妓舞衫香暖。不觉到斜晖。马驮归。

何满子

红粉楼前月照,碧纱窗外莺啼。梦断辽阳音信,那堪独守空闺。恨对百花时节,王孙绿草萋萋。

诉衷情

桃花流水漾纵横。春昼彩霞明。刘郎去,阮郎行。惆怅恨难平。　愁坐对云屏。算归程。何时携手洞边春,诉衷情。

其　二

鸳鸯交颈绣衣轻。碧沼藕花馨。偎藻荇,映兰汀。和雨浴浮萍。　思妇对心惊。想边庭。何时解佩掩云屏。诉衷情。

中兴乐

豆蔻花繁烟艳深。丁香软结同心。翠鬟女。相与。共淘金。　　红蕉叶里猩猩语。鸳鸯浦。镜中鸾舞。丝雨。隔荔枝阴。

醉花间

休相问。怕相问。相问还添恨。春水满塘生，鸂鶒还相趁。　　昨夜雨霏霏，临明寒一阵。偏忆戍楼人，久绝边庭信。

其　二

深相忆。莫相忆。相忆情难极。银汉是红墙，一带遥相隔。　　金盘珠露滴。两岸榆花白。风摇玉佩清，今夕为何夕。

纱窗恨

新春燕子还来至。一双飞。垒巢泥湿时时坠。浣人衣。　　后园里，看百花发，香风拂，绣户金扉。月照纱窗，恨依依。

其　二

双双蝶翅涂铅粉。哑花心。绮窗绣户飞来稳。画堂阴。　　二三月，爱随风絮，伴落花，来拂衣襟。更剪轻罗片,傅黄金。

恋 情 深

滴滴铜壶寒漏咽。醉红楼月。宴馀香殿会鸳衾。荡春心。　　真珠帘下晓光侵。莺语隔琼林。宝帐欲开慵起,恋情深。

其 二

玉殿春浓花烂漫。簇神仙伴。罗裙窣地缕黄金。奏清音。　　酒阑歌罢两沉沉。一笑动君心。永愿作鸳鸯伴,恋情深。

浣 溪 沙

七夕年年信不违。银河清浅白云微。蟾光鹊影伯劳飞。　　每恨蟪蛄怜婺女,几回娇妒下鸳机。今宵嘉会两依依。

赞 浦 子

锦帐添香睡,金炉换夕熏。懒结芙蓉带,慵拖翡翠裙。　　正是柳夭桃媚,那堪暮雨朝云。宋玉高唐意,裁琼欲赠君。

巫山一段云

雨霁巫山上,云轻映碧天。远风吹散又相连。十二晚峰前。　　暗湿啼猿树,高笼过客船。朝朝暮暮楚江边。几度降神仙。

其　二

貌掩巫山色,才过濯锦波。阿谁提笔上银河。月里写嫦娥。　　薄薄施铅粉,盈盈挂绮罗。菖蒲花役梦魂多。年代属元和。

酒　泉　子

绿树春深,燕语莺啼声断续,惠风飘荡入芳丛。惹残红。　　柳丝无力袅烟空。金盏不辞须满酌,海棠花下思朦胧。醉春风。

柳　含　烟

隋堤柳,汴河旁。夹岸绿阴千里,龙舟凤舸木兰香。锦帆张。　　因梦江南春景好。一路流苏羽葆。笙歌未尽起横流。锁春愁。

其 二

河桥柳，占芳春。映水含烟拂路，几回攀折赠行人。暗伤神。　　乐府吹为横笛曲。能使离肠断续。不如移植在金门。近天恩。

其 三

章台柳，近垂旒。低拂往来冠盖，朦胧春色满皇州。瑞烟浮。　　直与路边江畔别。免被行人攀折。最怜京兆画蛾眉。叶纤时。

其 四

御沟柳，占春多。半出宫墙婀娜，有时倒影醮轻罗。曲尘波。　　昨日金銮巡上苑。风亚舞腰纤软。栽培得地近王宫。瑞烟浓。

更 漏 子

春夜阑，春恨切。花外子规啼月。人不见，梦难凭。红纱一点灯。　　偏怨别。是芳节。庭下丁香千结。宵雾散，晓霞晖。梁间双燕飞。

摊破浣溪沙

春水轻波侵绿苔。枇杷洲上紫檀开。晴日眠沙鸂
鶒稳,暖相偎。 　　罗袜生尘游女过,有人逢着弄珠
回。兰麝飘香初解佩,忘归来。

喜 迁 莺

芳春景,暖晴烟。乔木见莺迁。传枝偎叶语关关。
飞过绮丛间。 　　锦翼鲜,金毳软。百啭千娇相唤。
碧纱窗晓怕闻声,惊破鸳鸯暖。

月 宫 春

水晶宫里桂花开。神仙探几回。红芳金蕊锁重
台。低倾玛瑙杯。 　　玉兔银蟾争守护,姮娥姹女戏
相偎。遥听钧天九奏,玉皇亲看来。

应 天 长

平江波暖鸳鸯语。两两钓船归极浦。芦洲一夜风
和雨。飞起浅沙翘雪鹭。 　　渔灯明远渚。兰棹今宵
何处。罗袂从风轻举。愁杀采莲女。

虞 美 人

鸳鸯对浴银塘暖。水面蒲梢短。垂杨低拂曲尘波。蛛丝结网露珠多。滴圆荷。　　遥思桃叶吴江碧。便是天河隔。锦鳞红鬣影沉沉。相思空有梦相寻。意难任。

其 二

宝檀金缕鸳鸯枕。绶带盘宫锦。夕阳低映小窗明。南园绿树语莺莺。梦难成。　　玉炉香暖频添炷。满地飘轻絮。珠帘不卷度沉烟。庭前闲立画秋千。艳阳天。

临 江 仙

暮蝉声尽落斜阳。银蟾影挂潇湘。黄陵庙侧水茫茫。楚山红树,烟雨隔高唐。　　岸泊渔灯风飐碎,白蘋远散浓香。灵娥鼓瑟韵清商。朱弦凄切,云散碧天长。

接 贤 宾

香鞯镂襜五色骢。值春景初融。流珠喷沫蹀躞,汗血流红。　　少年公子能乘驭,金镳玉辔珑璁。为惜珊瑚鞭不下，娇生百步千踪。信穿花，从拂柳，向紫陌追风。

赞 成 功

海棠未坼，万点深红。香包缄结一重重。似含羞态，邀勒春风。蜂来蝶去，任绕芳丛。　　昨夜微雨，飘洒庭中。忽闻声滴井边桐。美人惊起，坐听晨钟。快教折取，戴玉珑璁。

甘 州 遍

春光好，公子爱闲游。足风流。金鞍白马，雕弓宝剑，红缨锦襜出长楸。　　花蔽膝，玉衔头。寻芳逐胜欢宴，丝竹不曾休。美人唱，揭调是甘州。醉红楼。尧年舜日，乐圣永无忧。

其 二

秋风紧，平碛雁行低。阵云齐。萧萧飒飒，边声四起，愁闻戍角与征鼙。　　青冢北，黑山西。沙飞聚散无定，往往路人迷。铁衣冷，战马血沾蹄。破蕃奚。凤凰诏下，步步蹑丹梯。

案：《历代诗馀·词人姓氏》云：毛文锡，字平珪，南阳人，唐太仆卿龟范子。登进士,仕蜀,为翰林学士,迁内枢密使,进文思殿大学士,拜司徒,贬茂州司马,随衍降唐,复事后唐,此"唐"疑"蜀"字之讹。与欧阳炯等并以词章供奉内庭。所著有《前蜀纪事》二卷、《茶谱》一卷。其词《花间集》载三十一首,兹复从《尊前集》补《巫山一段云》一首,录为一卷。其词比牛、薛诸人殊为不及。叶梦得谓:文锡词以质直为情致。殊不知流于率露。诸人评庸陋词者,必曰:此仿毛文锡之《赞成功》而不及者。其言是也。光绪戊申季夏海宁王国维记。

魏太尉词

〔蜀〕魏承班 辑十一

魏承班(？—约925)

唐末五代许州人,生年不详,约卒于前蜀亡国之际。父宏夫(一作弘夫),为前蜀王建养子,赐姓名王宗弼,封齐王。承班为驸马都尉,官至太尉,世称"魏太尉"。其词风浓艳,全写闺情。

诉 衷 情

高歌宴罢月初盈。诗情引恨情。烟露冷,水流轻。思想梦难成。　　罗帐袅香平。恨频生。思君无计睡还醒。隔层城。

其 二

春深花簇小楼台。风飘锦绣开。新睡觉,步香阶。山枕印红腮。　　鬓乱坠金钗。语檀偎。临行执手重重嘱,几千回。

其 三

银汉云晴玉漏长。蛩声悄画堂。筠簟冷,碧窗凉。红蜡泪飘香。　　皓月泻寒光。割人肠。那堪独自步池塘。对鸳鸯。

其 四

金风轻透碧窗纱。银钉焰影斜。欹枕卧,恨何赊。山掩小屏霞。　　云雨别吴娃。想容华。梦成几度绕天涯。到君家。

其 五

春情满眼脸红销。娇妒索人饶。星靥小,玉珰瑶。几共醉春朝。　　别后忆纤腰。梦魂劳。如今风叶又萧萧。恨迢遥。

生 查 子

烟雨晚晴天,零落花无语。难话此时心,梁燕双来去。　　琴韵对熏风,有恨和情抚。肠断断弦频,泪滴黄金缕。

其 二

寂寞画堂空,深夜垂罗幕。灯暗锦屏欹,月冷珠帘薄。　　愁恨梦难成,何处贪欢乐。看看又春来,还是长萧索。

其 三

离别又经年,独对芳菲景。嫁得薄情夫,长抱相思病。　　花红柳绿间,蝶舞双双影。羞看绣罗衣,为有金鸾并。

菩 萨 蛮

罗裙薄薄秋波染。眉间画得山两点。相见绮筵时。深情暗共知。　　翠翘云鬓动。敛态弹金凤。宴罢入兰房。邀人解佩珰。

其 二

罗衣隐约金泥画。璚筵一曲当秋夜。声颤觑人娇。云鬟袅翠翘。　　酒醺红玉软。眉翠秋山远。绣幌麝烟沉。谁人知两心。

其 三

玉容光照菱花影。沉沉脸上秋波冷。白雪一声新。雕梁起暗尘。　　宝钗摇翡翠。香惹芙蓉醉。携手入鸳衾。谁人知此心。

谒 金 门

烟水阔。人值清明时节。雨细花零莺语切。愁肠千万结。　　雁去音徽断绝。有恨欲凭谁说。无事伤心犹不彻。春时容易别。

其 二

春欲半。堆砌落花千片。早是潘郎长不见。忍听双语燕。　　飞絮晴空扬远。风送谁家弦管。愁倚画屏凡事懒。泪沾金缕线。

其 三

长思忆。思忆佳辰轻掷。霜月透帘澄夜色。小屏山凝碧。　　恨恨君何太极。记得娇娆无力。独坐思量愁似织。断肠烟水隔。

渔 歌 子

柳如眉，云似发。鲛绡雾縠笼香雪。梦魂惊，钟漏歇。窗外晓莺残月。　　几多情，无处说。落花飞絮清明节。少年郎，容易别。一去音书断绝。

满 宫 花

雪霏霏，风凛凛。玉郎何处狂饮。醉时想得纵风流，罗帐香帏鸳寝。　　春朝秋夜思君甚。愁见绣屏孤枕。少年何事负初心，泪滴缕金双衽。

其 二

寒夜长，更漏永。愁见透帘月影。王孙何处不归来，应在倡楼酩酊。　　金鸭无香罗帐冷。羞更双鸾交颈。梦中几度见儿夫，不忍骂伊薄幸。

木 兰 花

小芙蓉，香旖旎。碧玉堂深清似水。闭宝匣，掩金铺，倚屏拖袖愁如醉。　　迟迟好景烟花媚。曲渚鸳鸯眠锦翅。凝然愁望静相思，一双笑靥鞓香蕊。

玉 楼 春

寂寂画堂梁上燕。高卷翠帘横数扇。一庭春色恼人来，满地落花红几片。　　愁倚锦屏低雪面。泪滴绣罗金缕线。好天凉月尽伤心，为是玉郎长不见。

其 二

轻敛翠娥呈皓齿。莺啭一声花影里。声声清回遏行云，寂寂画梁尘暗起。　　玉斝满斟情未已。促坐王孙公子醉。春风筵上贯珠匀，艳色韶颜娇旖旎。

黄 钟 乐

池塘烟暖草萋萋。惆怅闲宵含恨，愁坐思堪迷。遥想玉人情事远，音容浑似隔桃溪。　　偏记同欢秋月低。帘外论心花畔，和醉暗相携。何事春来君不见，梦魂长在锦江西。

案：承班，字里无考。《历代诗馀》谓承班父弘夫为王建养子，赐姓名王宗弼，封齐王；承班为驸马都尉，官至太尉。其词《花间集》载十三首，云十五首，误。复从《全唐诗》补七首，共二十首。其词逊于薛昭蕴、牛峤，而高于毛文锡，然皆不如王衍。五代词以帝王为最工，岂不以无意于求工欤？光绪戊申季夏海宁王国维记。

尹参卿词

〔蜀〕尹鹗 辑十二

尹鹗(? —?)

唐末五代成都人,生卒年不详,约公元896年前后在世。仕前蜀为校书郎。与李珣友善,性滑稽。工诗词。今存词17阕。

江 城 子

裙拖碧，步飘香。纤腰束素长。鬓云光。拂面珑璁，腻玉碎凝妆。宝柱秦筝弹向晚，弦促雁，更思量。

醉 公 子

莫烟笼藓砌。戟门犹未闭。尽日醉寻春。归来月满身。　　离鞍偎绣袂。坠巾花乱缀。何处恼佳人。檀痕衣上新。

女 冠 子

双成伴侣。去去不知何处。有佳期。霞帔金丝薄，花冠玉叶危。　　懒乘金凤子，学跨小龙儿。叵耐天风紧，挫腰肢。

菩 萨 蛮

陇云暗合秋天白。俯窗独坐窥烟陌。楼际角重吹。黄昏方醉归。　　荒唐难共语。明日还应去。上马出门时。金鞭莫与伊。

其 二

呜呜晓角调如语。画楼三会喧雷鼓。枕上梦方残。月光铺水寒。　　蛾眉应敛翠。咫尺同千里。宿酒未全消。满怀离恨饶。

其 三

锦茵闲衬丁香枕。银釭烬落犹慵寝。颙坐遍红炉。谁知情绪孤。　　少年狂荡惯。花曲长牵绊。去便不归来。空教骏马回。

杏 园 芳

严妆嫩脸花明。教人见了关情。含羞举步越罗轻。称娉婷。　　终朝咫尺窥香阁，迢遥似隔层城。何时休遣梦相萦。入云屏。

清 平 乐

偎红敛翠。尽日思闲事。髻滑凤凰钗欲坠。雨打梨花满地。　　绣衣独倚栏干。玉容似怯春寒。应待少年公子，鸳帏深处同欢。

其 二

芳年妙妓。淡拂铅华翠。轻笑自然生百媚。争那樽前人意。　　酒倾琥珀杯时。更堪能唱新词。赚得王孙狂处,断肠一搦腰肢。

满 宫 花

月沉沉,人悄悄。一炷后庭香袅。风流帝子不归来,满地禁花慵扫。　　离恨多,相见少。何处醉迷三岛。漏清宫树子规啼,愁锁碧窗清晓。

临 江 仙

一番荷芰生池沼,槛前风送馨香。昔年于此伴萧娘。相偎佇立,牵惹叙衷肠。　　时逞笑容无限态,还如菡萏争芳。别来虚遣思悠扬。慵窥往事,金锁小兰房。

其 二

深秋寒夜银河静,月明深院中庭。西窗幽梦等闲成。逡巡觉后,特地恨难平。　　红烛半条残焰短,依稀暗背银屏。枕前何事最伤情。梧桐叶上,点点露珠零。

拨 棹 子

风切切。深秋月。十朵芙蓉繁艳歇。凭^①小槛，细腰无力。空赢得，目断魂飞何处说。　　寸心恰似丁香结。看看瘦尽胸前雪。偏挂恨，少年抛掷。羞睹见，绣被堆红闲不彻。

其 二

丹脸腻。双靥媚。冠子缕金装翡翠。将一朵，琼花堪比。窸窸绣，鸾凤衣裳香窣地。　　银台蜡烛滴红泪。酾酒劝人教半醉。帘幕外，月华如水。特地向，宝帐颠狂不肯睡。

何 满 子

云雨常陪胜会，笙歌惯逐闲游。锦里风光易占□，玉鞭金勒骅骝。戴月潜穿深曲，和香醉脱轻裘。　　方喜正同鸳帐，又言将往皇州。每忆良宵公子伴，梦魂长挂红楼。欲表将离情味，丁香结在心头。

---

① 　各本均无"凭"字，今据《御定词谱》补。

秋 夜 月

三秋佳节。胥晴空,凝碎露,茱萸千结。菊蕊和烟轻捻,酒浮金屑。征云雨,调丝竹,此时难辍。欢极、一片艳歌声揭。　　黄昏愫别。炷沉烟,熏绣被,翠帷同歇。醉并鸳鸯双枕,暖偎春雪。语叮咛,情委曲,论心正切。夜深、窗透数条斜月。

金 浮 图

繁华地。王孙富贵。玳瑁筵开,下朝无事。压红茵,凤舞黄金翅。玉立纤腰,一片揭天歌吹。满目绮罗珠翠。和风淡荡,偷散沉檀气。　　堪判醉。韶光正媚。折尽牡丹,艳迷人意。金张许史应难比。贪恋欢娱,不觉金乌坠。还惜会难别易。金船更劝,勒住花骢辔。

案:尹鹗,字里无考。《历代诗馀》曰:鹗,成都人,事王衍,为翰林校书,累官参卿。其词《花间集》仅载六首,兹从《尊前集》录为一卷。其《金浮图》一阕,至九十四字,五代词除唐庄宗《歌头》外,以此为最长,然颇疑是柳耆卿、康伯可手笔也。光绪戊申季夏海宁王国维记。

琼瑶集

〔蜀〕李珣 辑十三

李珣(855？—930？)

字德润,唐末五代人,波斯裔,居家梓州。有诗名,尝以秀才预宾贡。与成都才士尹鹗相善。妹李舜弦为前蜀王衍昭仪。蜀亡不仕。著词集《琼瑶集》,已佚,王国维辑其词 54 首。

渔 父

水接衡门十里馀。信船归去卧看书。轻爵禄，慕玄虚。莫道渔人只为鱼。

其 二

避世垂纶不计年。官高争得似君闲。倾白酒，对青山。笑指柴门待月还。

其 三

棹警鸥飞水溅袍。影随潭面柳垂绦。终日醉，绝尘劳。曾见钱塘八月涛。

南 乡 子

烟漠漠，雨凄凄。岸花零落鹧鸪啼。远客扁舟临野渡。思乡处。潮退水平春色暮。

其 二

兰桡举，水文开。竞携藤笼采莲来。回塘深处遥相见。邀同宴。渌酒一卮红上面。

其 三

归路近，扣舷歌。采真珠处水风多。曲岸小桥山月过。烟深锁。豆蔻花垂千万朵。

其 四

乘彩舫，过莲塘。棹歌惊起睡鸳鸯。带香游女偎伴笑。争窈窕。竞折团荷遮晚照。

其 五

倾绿蚁，泛红螺。闲邀女伴簇笙歌。避暑信船轻浪里。闲游戏。夹岸荔枝红醮水。

其 六

云带雨，浪迎风。钓翁回棹碧湾中。春酒香熟鲈鱼美。谁同醉。缆却扁舟蓬底睡。

其 七

沙月静，水烟轻。芰荷香里夜船行。绿鬟红脸谁家女。遥相顾。缓唱棹歌极浦去。

其 八

　　渔市散，渡船稀。越南云树望中微。行客待潮天欲暮。送春浦。愁听猩猩啼夜雨。

其 九

　　拢云髻，背犀梳。焦红衫映绿罗裾。越王台下春风暖。花盈岸。游赏每邀邻女伴。

其 十

　　相见处，晚晴天。刺桐花下越台前。暗里回眸深属意。遣双醉。骑象背人先渡水。

其 十 一

　　携笼去，采菱归。碧波风起雨霏霏。趁岸小船齐棹急。罗衣湿。出向枥榔树下立。

其 十 二

　　云髻重，葛衣轻。见人微笑亦多情。拾翠采珠能几许。来还去。争及村居织机女。

其 十 三

登画舸，泛清波。采莲时唱采莲歌。拦棹声齐罗袖敛。池光飐。惊起沙鸥八九点。

其 十 四

双鬟坠，小眉弯。笑随女伴下春山。玉纤遥指花深处。争回顾。孔雀双双迎日舞。

其 十 五

红豆蔻，紫玫瑰。谢娘家接越王台。一曲乡歌齐抚掌。堪游赏。酒酌赢杯流水上。

其 十 六

山果熟，水花香。家家风景有池塘。木兰舟上珠帘卷。歌声远。椰子酒倾鹦鹉盏。

其 十 七

新月上，远烟开。惯随潮水采珠来。棹穿花过归溪口。酤春酒。小艇缆牵垂岸柳。

西 溪 子

金缕翠钿浮动。妆罢小窗圆梦。日高时,春已老。人来到。满地落花慵扫。无语倚屏风。泣残红。一作"离思正难缄。燕喃喃"。

其 二

马上见时如梦。认得脸波相送。柳堤长,无限意。夕阳里。醉把金鞭欲坠。归去想娇娆。暗魂销。

女 冠 子

星高月午。丹桂青松深处。醮坛开。金磬敲清露,珠幢立翠苔。 步虚声缥缈,想像思徘徊。晓天归去路,指蓬莱。

其 二

春山夜静。愁闻洞天疏磬。玉堂虚。细雾垂珠佩,轻烟曳翠裾。 对花情脉脉,望月步徐徐。刘阮今何处,绝来书。

酒 泉 子

寂寞青楼。风触绣帘珠碎撼。月朦胧,花暗澹。锁春愁。　　寻思往事依稀梦。泪脸露桃红色重。鬓欹蝉,钗坠凤。思悠悠。

其 二

雨渍花零。红散香凋池两岸。别情遥,春歌断。掩银屏。　　孤帆早晚离三楚。闲理钿筝愁几许。曲中情,弦上语。不堪听。

其 三

秋雨联绵,声散败荷丛里,那堪深夜枕前听。酒初醒。　　牵愁惹思更无停。烛暗香凝天欲曙。细和烟,冷和雨。透帘旌。

其 四

秋月婵娟,皎洁碧纱窗外,照花穿竹冷沉沉。印池心。　　凝露滴□砌虫吟。惊觉谢娘残梦,夜深斜傍枕前来。影徘徊。

浣 溪 沙

入夏偏宜澹薄妆。越罗衣褪郁金黄。翠钿檀注助容光。　　相见无言还有恨，几回抛却又思量。月窗香径梦悠扬。

其 二

晚出闲庭看海棠。风流学得内家妆。小钗横戴一枝芳。　　镂玉梳斜云鬓腻，缕金衣透雪肌香。暗思何事立斜阳。

其 三

访旧伤离欲断魂。无因重见玉楼人。六街微雨镂香尘。　　早为不逢巫峡梦，那堪虚度锦江春。遇花倾酒莫辞频。

其 四

红藕花香到槛频。可堪闲忆似花人。旧欢如梦绝音尘。　　翠叠画屏山隐隐，冷铺纹簟水潾潾。断魂何处一蝉新。

巫山一段云

有客经巫峡,停桡向水湄。楚王曾此梦瑶姬。一梦杳无期。　　尘暗珠帘卷,香销翠幄垂。西风回首不胜悲。暮雨洒空祠。

其　二

古庙依青嶂,行宫枕碧流。水声山色锁妆楼。往事思悠悠。　　云雨朝还暮,烟花春复秋。啼猿何必近孤舟。行客自多愁。

菩萨蛮

回塘风起波纹细。刺桐花里门斜闭。残日照平芜。双双飞鹧鸪。　　征帆何处客。相见还相隔。不语欲魂销。望中烟水遥。

其　二

等闲将度三春景。帘垂碧砌参差影。曲槛日初斜。杜鹃啼落花。　　恨君容易处。又话潇湘去。凝思倚屏山。泪流红脸斑。

其　三

隔帘微雨双飞燕。砌花零落红深浅。捻得宝筝调。心随征棹遥。　　楚天云外路。动便经年去。香断画屏深。旧欢何处寻。

渔　歌　子

楚山青,湘水绿。春风澹荡看不足。草芊芊,花簇簇。渔艇棹歌相续。　　信浮沉,无管束。钓回乘月归湾曲。酒盈尊,云满屋。不见人间荣辱。

其　二

荻花秋,潇湘夜。橘洲佳景如屏画。碧烟中,明月夜。小艇垂纶初罢。　　水为乡,蓬作舍。鱼羹稻饭常餐也。酒盈杯,书满架。名利不将心挂。

其　三

柳垂丝,花满树。莺啼楚岸春天暮。棹轻舟,出深浦。缓唱渔歌归去。　　罢垂纶,还酌醑。孤村遥指云遮处。下长汀,临浅渡。惊起一行沙鹭。

其 四

九疑山，三湘水。芦花时节秋风起。水云间，山月里。棹月穿云游戏。　　鼓清琴，倾绿蚁。扁舟自得逍遥志。任东西，无定止。不议人间醒醉。

望 远 行

春日迟迟思寂寥。行客关山路遥。琼窗时听语莺娇。柳丝牵恨一条条。　　休晕绣，罢吹箫。貌逐残花暗凋。同心犹结旧裙腰。忍辜风月度良宵。

其 二

露滴幽庭落叶时。愁聚萧娘柳眉。玉郎一去负佳期。水云迢递雁书迟。　　屏半掩，枕斜敧。蜡泪无言对垂。吟蛩断续漏频移。入窗明月鉴空帏。

河 传

去去。何处。迢迢巴楚。山水相连。朝云暮雨。依旧十二峰前。猿声到客船。　　愁肠岂异丁香结。因离别。故国音书绝。想佳人花下，对明月春风。恨应同。

其 二

春暮。微雨。送君南浦。愁敛双蛾。落花深处。
啼鸟似逐离歌。粉檀珠泪和。　　临流更把同心结。
情哽咽。后会何时节。不堪回首，相望已隔汀州。橹
声幽。

虞 美 人

金笼莺报天将曙。惊起分飞处。夜来潜与玉郎
期。多情不觉酒醒迟。失归期。　　映花避月遥相
送。腻髻偏垂凤。却回娇步入香闺。倚屏无语捻云
篦。翠眉低。

临 江 仙

帘卷池心小阁虚。暂凉闲步徐徐。芰荷经雨半凋
疏。拂堤垂柳，蝉噪夕阳馀。　　不语低鬟幽思远，玉
钗斜坠双鱼。几回偷看寄来书。离情别恨，相隔欲
何如。

其 二

莺报帘前暖日红。玉炉残麝犹浓。起来闺思尚疏

慵。别愁春梦，谁解此情悰。 强整娇姿临宝镜，小池一朵芙蓉。旧欢无处再寻踪。更堪回顾，画屏九疑峰。

定 风 波

志在烟霞慕隐沦。功成归看五湖春。一叶舟中吟复醉。云水。此时方认自由身。 花鸟为邻鸥作侣。深处。经年不见市朝人。已得希夷微妙旨。潜喜。荷衣蕙带绝纤尘。

其 二

十载逍遥物外居。白云流水似相于。乘兴有时携短棹。江岛。谁知求道不求鱼。 到处等闲邀鹤伴。春岸。野花香气扑琴书。更饮一杯红霞酒。回首。半钩新月贴清虚。

其 三

又见辞巢燕子归。阮郎何事绝音徽。帘外西风黄叶落。池阁。隐莎蛩叫雨霏霏。 愁坐算程千万里。频跂。等闲经岁两相违。听鹊凭龟无定处，不知。泪痕流在画罗衣。

其 四

雁过秋空夜未央。隔窗烟月锁莲塘。往事岂堪容易想。惆怅。故人迢递在潇湘。　纵有回文重叠意。谁寄。解鬟临镜泣残妆。沉水香销金鸭冷。愁永。候虫声接杵声长。

其 五

帘外烟和月满庭。此时闲坐若为情。小阁拥炉残酒醒。愁听。寒风叶落一声声。　惟恨玉人芳信阻。云雨。屏帏寂寞梦难成。斗转更阑心杳杳。将晓。银釭斜照绮琴横。

中 兴 乐

后庭寂寂日初长。翩翩蝶舞红芳。绣帘垂地，金鸭无香。谁知春思如狂。忆萧郎。等闲一去，程遥信断，五岭三湘。　休开鸾镜学宫妆。可能更理笙簧。倚屏凝睇，泪落成行。手寻裙带鸳鸯。暗思量。忍孤前约，教人花貌，虚老风光。

案：《历代诗馀》曰：李珣，字德润，先世本波斯人，家于梓州。王衍昭仪李舜弦兄也。为蜀秀才，常与宾贡。有《琼瑶集》一卷。其集至南宋尚存，王灼《碧鸡漫志》所引珣作《倒排甘州》、《河满子》、《长命女》三阕，今宋人选本皆无之，是灼犹及见此书矣。兹从《花间集》录三十七首，补以《尊前集》十七首，录为一卷。光绪戊申季夏海宁王国维记。

《庚辛之间读书记·花间集》 《鉴诫录》四：李珣，字德润，本蜀中土生波斯也。少小苦心，屡称宾贡，所吟诗句，往往动人。尹校书鹗者，锦城烟月之士也，与李生常为善友，遽因戏遇嘲之，李生文章扫地而尽。诗曰："异域从来不乱常，李波斯强学文章。假饶折得东堂桂，胡臭薰来也不香。"黄休复《茅亭客话》亦纪其为波斯人。以异域之人而所造若此，诚为异事。王灼《碧鸡漫志》屡称珣《琼瑶集》，其所举《倒排甘州》、《河满子》、《长命女》、《喝驮子》四首，均此集与《尊前集》所未载，则南宋之初，蜀中尚有此书，未识佚于何时也。唐五代人词有专集者：《南唐二主词》、《阳春集》均宋人所编；飞卿《金奁词》则系赝本，《金荃词》一卷虽见顾嗣立《温飞卿诗集跋》，谓有宋本，未知可信否；和凝《红叶稿》之名则系竹垞杜撰，凝《红药编》五卷见于《宋志》者乃制诰之文（焦竑《国史经籍志》列之制诰类，其书竑时已亡，殆由其名定之，是也），非词集，亦非《红叶稿》也；唯珣《琼瑶集》见于宋人所记，当为词人专集之始矣。

顾太尉词

〔蜀〕顾夐　辑十四

顾敻（？—？）

五代词人，生卒、字里不详。前蜀王建时为宫廷小臣，有大秃鹙鸟翔于摩诃池上，敻作诗刺之，祸几不测。久之，任茂州刺史。后累官至太尉（一说任太尉为后蜀孟知祥时）。工词能诗，性谐谑。《花间集》收其词55首，仅次于温庭筠、孙光宪。其词风绮丽又清新，写情传神入骨，况周颐称为"五代艳词上驷"。

荷 叶 杯

春尽小庭花落。寂寞。凭槛敛双眉。忍教成病忆佳期。知摩知。知摩知。

其 二

歌发谁家筵上。寥亮。别恨正悠悠。兰釭背帐月当楼。愁摩愁。愁摩愁。

其 三

弱柳好花尽拆。晴陌。陌上少年郎。满身兰麝扑人香。狂摩狂。狂摩狂。

其 四

记得那时相见。胆颤。鬓乱四枝柔。泥人无语不抬头。羞摩羞。羞摩羞。

其 五

夜久歌声怨咽。残月。菊冷露微微。看看湿透缕金衣。归摩归。归摩归。

其 六

我忆君诗最苦。知否。字字尽关心。红笺为寄表
情深。吟摩吟。吟摩吟。

其 七

金鸭香浓鸳被。枕腻。小髻簇花钿。腰如细柳脸
如莲。怜摩怜。怜摩怜。

其 八

曲砌蝶飞烟暖。春半。花发柳垂条。花如双脸柳
如腰。娇摩娇。娇摩娇。

其 九

一去又乖期信。春尽。满院长莓苔。手拈裙带独
徘徊。来摩来。来摩来。

甘 州 子

一炉龙麝锦帷旁。屏掩映,烛莹煌。禁楼刁斗喜
初长。罗荐绣鸳鸯。山枕上,私语口脂香。

其 二

每逢清夜与良辰。多怅望,足伤神。云迷水隔意中人。寂寞绣罗茵。山枕上,几点泪痕新。

其 三

曾如刘阮访仙踪。深洞客,此时逢。绮筵散后绣衾同。款曲见韶容。山枕上,长是怯晨钟。

其 四

露桃花里小楼深。持玉盏,听瑶琴。醉归青锁入鸳衾。月色照衣襟。山枕上,翠钿镇眉心。

其 五

红炉深夜醉调笙。敲拍处,玉纤轻。小屏古画岸低平。烟月满闲庭。山枕上,灯背脸波横。

诉 衷 情

香灭帘垂春漏永,整鸳衾。罗带重。双凤。缕黄金。窗外月光临。□沉沉。□断肠无处寻。□□负春心。

其 二

永夜抛人何处去，绝来音。香阁掩。眉敛。月将
沉。争忍不相寻。怨孤衾。换我心、为你心。始知相
忆深。

杨 柳 枝

秋夜香闺思寂寥。漏迢迢。鸳帏罗幌麝烟销。烛
光摇。　　正忆玉郎游荡去。无寻处。更闻帘外雨潇
潇。滴芭蕉。

醉 公 子

漠漠秋云澹。红藕香侵槛。枕倚小山屏。金铺向
晚扃。　　睡起横波慢。独望情何限。衰柳数行蝉。
魂销似去年。

其 二

岸柳垂金线。雨晴莺百啭。家住绿杨边。往来多
少年。　　马嘶芳草远。高楼帘半卷。敛袖翠蛾攒。
相逢尔许难。

酒 泉 子

杨柳舞风。轻惹春烟残雨。杏花愁,莺正语。画楼东。　　锦屏寂寞思无穷。还是不知消息。镜尘生,珠泪滴。损仪容。

其 二

罗带缕金。兰麝烟凝魂断。画屏欹,云鬓乱。恨难任。　　几回垂泪滴鸳衾。薄情何处去。月临窗,花满树。信沉沉。

其 三

小槛日斜,风度绿窗人悄悄。翠帏闲掩舞孤鸾。旧香寒。　　别来情绪转难拚。韶颜看却老。依稀粉上有啼痕。暗销魂。

其 四

黛薄红深。约掠绿鬟云腻。小鸳鸯,金翡翠。称人心。　　锦鳞无处传幽意。海燕兰堂春又去。隔年书,千点泪。恨难任。

其 五

掩却菱花,收拾翠钿休上面。金虫玉燕。琐香奁。恨恹恹。　　云鬟半坠懒重簪。泪侵山枕湿,银灯背帐梦方酣。雁飞南。

其 六

水碧风清,入槛细香红藕腻,谢娘敛翠,恨无涯。小屏斜。　　堪憎荡子不还家。谩留罗带结,帐深枕腻炷沉烟。负当年。

其 七

黛怨红羞。掩映画堂春欲暮。残花微雨。隔青楼。思悠悠。　　芳菲时节看将度。寂寞无人还独语。画罗襦,香粉污。不胜愁。

浣溪沙 别见《阳春集》。

春色迷人恨正赊。可堪荡子不还家。细风轻露着梨花。　　帘外有情双燕扬,槛前无力绿杨斜。小屏狂梦极天涯。

其 二

红藕香寒翠渚平。月笼虚阁夜蛩清。塞鸿惊梦两牵情。 宝帐玉炉残麝冷,罗衣金缕暗尘生。小窗孤独泪纵横。

其 三

荷芰风轻帘幕香。绣衣鸂鶒泳回塘。小屏闲掩旧潇湘。 恨入空帏鸾影独,泪凝双脸渚莲光。薄情年少悔思量。

其 四

惆怅经年别谢娘。月窗花院好风光。此时相望最情伤。 青鸟不来传锦字,瑶姬何处锁兰房。忍教魂梦两茫茫。

其 五

庭菊飘黄玉露浓。冷莎偎砌冷鸣蛩。何期良夜得相逢。 背帐风摇红蜡滴,惹香暖梦绣衾重。觉来枕上怯晨钟。

其 六

云澹风高叶乱飞。小庭寒雨绿苔微。深闺人静掩屏帏。　　粉黛暗愁金带枕，鸳鸯空绕画罗衣。那堪辜负不思归。

其 七

雁响遥天玉漏清。小窗纱外月胧明。翠帏金鸭炷香平。　　何处不归音信断，良宵空使梦魂惊。簟凉枕冷不胜情。

其 八

露白蟾明又到秋。佳期幽会两悠悠。梦牵情役几时休。　　记得泥人微敛黛，无言斜倚小书楼。暗思前事不胜愁。

更 漏 子

旧欢娱，新怅望。拥鼻含颦楼上。浓柳翠，晚霞微。江鸥接翼飞。　　帘半卷。屏斜掩。远岫参差迷眼。歌满耳，酒盈樽。前非不要论。

应 天 长

瑟瑟罗裙金线缕。轻透鹅黄香画袴。垂交带,盘鹦鹉。袅袅翠翘移玉步。　　背人匀檀注。慢转横波偷觑。敛黛春情暗许。倚屏慵不语。

渔 歌 子

晓风清,幽沼绿。倚阑凝望珍禽浴。画帘垂,翠屏曲。满袖荷香馥郁。　　好撷怀,堪寓目。身闲心静平生足。酒杯深,光影促。名利无心较逐。

河 传

燕扬,晴景。小窗屏暖,鸳鸯交颈。菱花掩却翠鬟欹,慵整。海棠帘外影。　　绣帏香断金鸂鶒。无消息。心事空相忆。倚东风。春正浓。愁红。泪痕衣上重。

其 二

曲槛。春晚。碧流纹细,绿杨丝软。露花鲜□杏枝繁,莺啭。野芜平似剪。　　直是人间到天上。堪游赏。醉眼疑屏嶂。对池塘。惜韶光。断肠。为花须尽狂。

其 三

棹举。舟去。波光渺渺,不知何处。岸花汀草共依依。雨微。鹧鸪相逐飞。　　天涯离恨江声咽。啼猿切。此意向谁说。舣兰桡。独无聊。魂销。小炉香欲焦。

玉 楼 春

月照玉楼春漏促。飒飒风摇庭砌竹。梦惊鸳被觉来时,何处管弦声断续。　　惆怅少年游冶去,枕上两蛾攒细绿。晓莺帘外语花枝,背帐犹残红蜡烛。

其 二

柳映玉楼春日晚。雨细风轻烟草软。画堂鹦鹉语金笼,金粉小屏犹半掩。　　香灭绣帏人寂寂,倚槛无言愁思远。恨郎何处纵疏狂,长使含啼眉不展。

其 三

月皎露华窗影细。风送菊香粘绣袂。博山炉冷水沉微,惆怅金闺终日闭。　　懒展罗衾垂玉箸,羞对菱花簪宝髻。良宵好事枉教休,无计奈他狂耍婿。

其　四

拂水双飞来去燕。曲槛小屏山六扇。春愁凝思结眉心,绿绮懒调红锦荐。　　话别情多声欲颤。玉筯痕留红粉面。镇长独立到黄昏,却怕良宵频梦见。

虞美人

晓莺啼破相思梦。帘卷金泥凤。宿妆犹在酒初醒。翠翘慵整倚云屏。转娉婷。　　香檀细画侵桃脸。罗袂轻轻敛。佳期堪恨再难寻。绿芜满院柳成阴。负春心。

其　二

触帘风送景阳钟。鸳被绣花重。晓帷初卷冷烟浓。翠匀粉黛好仪容。思娇慵。　　起来无语理朝妆。宝匣镜凝光。绿荷相倚满池塘。露清枕簟藕花香。恨悠扬。

其　三

翠屏闲掩垂珠箔。丝雨笼池阁。露粘红藕咽清香。谢娘娇极不成狂。罢朝妆。　　小金鸂鶒沉烟细。腻枕堆云髻。浅眉微敛注檀轻。旧欢时有梦魂惊。悔多情。

其　四

碧梧桐映纱窗晚。花谢莺声懒。小屏屈曲掩青山。翠帏香粉玉炉寒。两蛾攒。　　颠狂年少轻离别。辜负春时节。画罗红袂有啼痕。魂销无语倚闺门。欲黄昏。

其　五

深闺春色劳思想。恨共春芜长。黄鹂娇啭呢芳妍。杏枝如画倚轻烟。琐窗前。　　凭栏愁立双蛾细。柳影斜摇砌。玉郎还是不还家。教人魂梦逐杨花。绕天涯。

其　六

少年艳质胜琼英。早晚别三清。莲冠稳簪钿篦横。飘飘罗袖碧云轻。画难成。　　迟迟少转腰身袅。翠靥眉心小。醮坛风急杏枝香。此时恨不驾鸾凰。访刘郎。

临 江 仙

碧染长空池似镜，倚楼闲望凝情。满衣红藕细香清。象床珍簟，山障掩，玉琴横。　　暗想当时欢笑事，如今赢得愁生。博山炉暖澹烟轻。蝉吟人静，残日傍，小窗明。

其 二

幽闺小槛春光晚，柳浓花淡莺稀。旧欢思想尚依依。翠鬟红敛，终日损芳菲。　　何事狂夫音信断，不如梁燕犹归。画堂深处麝烟微。屏虚枕冷，风细雨霏霏。

其 三

月色穿帘风入竹，倚屏双黛愁时。砌花含露两三枝。如啼恨脸，魂断损容仪。　　香炉暗销金鸭冷，可堪辜负前期。绣襦不整鬓鬟欹。几多惆怅，情绪在天涯。

遐 方 怨

帘影细，簟纹平。象纱笼玉指，缕金罗扇轻。嫩红双脸似花明。两条眉黛远山横。　　凤箫歇,镜尘生。辽塞音书绝,梦魂长暗惊。玉郎经岁负娉婷。教人争不恨无情。

献 衷 心

绣鸳鸯帐冷,画孔雀屏欹。人悄悄,月明时。想昔年欢笑,恨今日分离。银钉背,铜漏永,阻佳期。

小炉烟细,虚阁帘垂。几多心事,暗地思惟。被娇娥牵役,魂梦如痴。金闺里,山枕上,始应知。

案:顾夐,字里不传。前蜀时官刺史,后事孟知祥,累迁至太尉。其词见《花间集》者五十五首,兹录为一卷。夐词在牛给事、毛司徒间。《浣溪沙·春色迷人》一阕,亦见《阳春录》,与《河传》《诉衷情》数阕当为夐最佳之作矣。光绪戊申季夏海宁王国维记。

鹿太保词

〔蜀〕鹿虔扆 辑十五

鹿虔扆(? —?)

五代词人,字里无考,生卒年不详。前蜀(或谓后蜀)时曾任永泰军节度使,进检校太尉,加太保,故世称"鹿太保"。其词含思凄婉,感慨淋漓,对后世词体发展亦有一定影响。

女 冠 子

凤楼琪树。惆怅刘郎一去。正春深。洞里愁空结,人间信莫寻。　　竹疏斋殿迥,松密醮坛阴。倚云低首望,可知心。

其 二

步虚坛上。绛节霓旌相向。引真仙。玉佩摇蟾影,金炉袅麝烟。　　露浓霜简湿,风紧羽衣偏。欲留难得住,却归天。

思 越 人

翠屏欹,银烛背,漏残清夜迢迢。双带绣窠盘锦荐,泪侵花暗香销。　　珊瑚枕腻鸦鬟乱。玉纤慵整云散。苦是适来新梦见。离肠争不千断。

虞 美 人

卷荷香澹浮烟渚。绿嫩擎新雨。琐窗疏透晓风清。象床珍簟冷光轻。水纹平。　　九疑黛色屏斜掩。枕上眉心敛。不堪相望病将成。钿昏檀粉泪纵横。不胜情。

临 江 仙

金锁重门荒苑静,倚窗愁对秋空。翠华一去寂无踪。玉楼歌吹,声断已随风。　　烟月不知人事改,夜阑还照深宫。藕花相向野塘中。暗伤亡国,清露泣香红。

其 二

无赖晓莺惊梦断,起来残酒初醒。映窗丝柳袅烟青。翠帘慵卷,约砌杏花零。　　一自玉郎游冶去,莲凋月惨仪形。暮天微雨洒闲庭。手挼裙带,倚云屏。

案:虞宸,字里无考。《历代诗馀》谓虞宸事孟昶,为永泰军节度使,进检校太尉,加太保。《乐府纪闻》谓其国亡不仕,词多感慨之音,盖指《临江仙》一调言之。然《花间集》辑于蜀广政三年,首载此词。此时后蜀未亡;若云伤前蜀,则虞宸固仕于昶矣。《纪闻》之言,实无所据。其词只存《花间集》所载六首,在五代各家中为最少矣。光绪戊申季夏海宁王国维记。

欧阳平章词

〔蜀〕欧阳炯　辑十六

欧阳炯（896—971）

五代益州人。生于唐末，少仕前蜀，任中书舍人。国亡入后唐，补秦州从事。后蜀开国，拜中书舍人、翰林学士承旨，累迁门下侍郎，兼户部尚书同平章事（宰相），监修国史。蜀亡入宋，为左散骑常侍，充翰林学士。工诗文，擅长笛，尤长于词。其词传世不多，词风艳丽，然多有绝妙之笔。后蜀广政三年（940）曾为赵崇祚所编《花间集》作叙，述花间词宗旨、渊源、艺术趣味等，时任武德军节度判官。

南 歌 子

锦帐银灯影，纱窗玉漏声。迢迢永夜梦难成。愁对小庭秋色，月空明。

渔 父

摆脱尘机上钓船。免教荣辱有流年。无系绊，没愁煎。始信船中有散仙。

其 二

风浩寒溪照胆明。小君山上玉蟾生。荷露坠，翠烟轻。拨剌游鱼几处惊。

赤 枣 子

夜悄悄，烛荧荧。金炉香烬酒初醒。春睡起来回雪面，含羞不语倚云屏。

其 二

莲脸薄，柳眉长。等闲无事莫思量。每一见时明月夜，损人情思断人肠。

南 乡 子

嫩草如烟。石榴花发海南天。日暮江亭春影绿。
鸳鸯浴。水远山长看不足。

其 二

画舸停桡。槿花篱外竹横桥。水上游人沙上女。
□回顾。笑指芭蕉林里住。

其 三

远岸沙平。日斜归路晚霞明。孔雀自怜金翠尾。
临□水。认得行人惊不起。

其 四

洞口谁家。木兰船系木兰花。红袖女郎相引去。
游南浦。笑倚东风相对语。

其 五

二八花钿。胸前为雪脸如莲。耳坠金鬟穿瑟瑟。
霞衣窄。笑倚江头招远客。

其 六

路入南中。桄榔叶暗蓼花红。两岸人家微雨后。收红豆。树底纤纤抬素手。

其 七

袖敛鲛绡。采香深洞笑相邀。藤杖枝头芦酒滴。铺葵席。豆蔻花间趖晚日。

其 八

翡翠鹩鹣。白蘋香里小沙汀。岛上阴阴秋雨色。芦花扑。数只渔船何处宿。

江 城 子

晚日金陵岸草平。落霞明。水无情。六代繁华、暗逐逝波声。空有姑苏台上月,如西子镜照江城。

春 光 好

天初暖,日初长。好春光。万汇此时皆得意,竞芬芳。　　笋迸苔钱嫩绿,花偎雪坞浓香。谁把金丝裁剪却,挂斜阳。

其　二

花滴露,柳摇烟。艳阳天。雨霁山樱红欲烂,谷莺迁。　　饮处交飞玉斚,游时倒把金鞭。风飐九衢榆叶动,簇青钱。

其　三

胸铺雪,脸分莲。理繁弦。纤指飞翻金凤语,转婵娟。　　嘈杂如敲玉佩,清泠似滴香泉。曲罢问郎名个甚,想夫怜。

其　四

碛香散,渚冰融。暖空濛。飞絮悠扬遍远空。惹轻风。　　柳眼烟来点绿,花心日与妆红。黄雀锦鸾相对舞,近帘栊。

其　五

鸡树绿,凤池清。满神京。玉兔宫前金榜出,列仙名。　　叠雪罗袍接武,团花骏马娇行。开宴曲江游烂漫,柳烟轻。

其　六

芳丛秀,绿筵张。两心狂。空遣横波传意绪,对笙簧。　　虽似安仁掷果,未闻韩寿分香。流水桃花情不已,待刘郎。

其　七

垂绣幔,掩云屏。思盈盈。双枕珊瑚无限情。翠钗横。　　几见纤纤动处,时闻款款娇声。却出锦屏妆面了,理秦筝。

其　八

金辔响,玉鞭长。映垂杨。堤上采花筵上醉,满衣香。　　无处不携弦管,直须占断春光。年少王孙何处好,竞寻芳。

其九　《花间集》作和凝。

蘋叶嫩,杏花明。画船轻。双浴鸳鸯出绿汀。棹歌声。　　春水无风无浪,春来半雨半晴。红粉相随南浦晚,莫辞行。

女 冠 子

薄妆桃脸。满面纵横花靥。艳情多。绶带盘金缕,轻裙透碧罗。　　含羞眉作敛,微语笑相和。不会频偷眼,意如何。

其 二

秋宵秋月。一朵荷花初发。照前池。摇曳熏香夜,婵娟对镜时。　　蕊中千点泪,心里万条丝。恰似轻盈女,好丰姿。

浣 溪 沙

落絮残莺半日天。玉柔花醉只思眠。惹窗映竹满炉烟。　　独掩画屏愁不语,斜敧瑶枕髻鬟偏。此时心在阿谁边。

其 二

天碧罗衣拂地垂。美人初着更相宜。宛风如舞透香肌。　　独坐含颦吹凤竹,园中缓步折花枝。有情无力泥人时。

其 三

相见休言有泪珠。酒阑重得叙欢娱。凤屏鸳枕宿金铺。　　兰麝细香闻喘息,绮罗纤缕见肌肤。此时还恨薄情无。

巫山一段云

绛阙登真子,飘飘御彩鸾。碧虚风雨佩光寒。敛袂下云端。　　月帐朝霞薄,星冠玉蕊攒。远游蓬岛降人间。特地拜龙颜。

其 二

春去秋来也,愁心似醉醺。去时要约早还轮。及去又何曾。　　歌扇花光点,衣珠滴泪新。恨身翻不作车尘。万里得随君。

菩 萨 蛮

晓来中酒和春睡。四肢无力云鬟坠。斜卧脸波春。玉郎休恼人。　　日高犹未起。为恋鸳鸯被。鹦鹉语金笼。道儿还是慵。

其 二

红炉暖阁佳人睡。隔帘飞雪添寒气。小院奏笙歌。香风簇绮罗。　　酒倾金盏满。兰烛重开宴。公子醉如泥。天街闻马嘶。

其 三

翠眉双脸新妆薄。幽闺斜卷青罗幕。寒食百花时。红繁香满枝。　　双双梁燕语。蝶舞相随去。肠断正思君。闲眠冷绣茵。

其 四

画屏绣阁三秋雨。香唇腻脸偎人语。语罢欲天明。娇多梦不成。　　晓街钟鼓绝。嗔道如今别。特地气长吁。倚屏弹泪珠。

更 漏 子

玉栏干,金甃井。月照碧梧桐影。独自个,立多时。露华浓湿衣。　　一向。凝情望。待得不成模样。虽叵耐,又寻思。争生嗔得伊。

其 二

三十六宫秋夜永，露华点滴高梧。丁丁玉漏咽铜壶。明月上金铺。　红线毯，博山炉。香风暗触流苏。羊车一去长青芜。镜尘鸾彩孤。

清 平 乐

春来街砌。春雨如丝细。春地满飘红杏带。春燕舞随风势。　春幡细缕春缯。春闺一点春灯。自是春心撩乱，非关春梦无凭。

三 字 令

春欲尽，日迟迟。牡丹时。罗幌卷，绣帘垂。彩笺书，红粉泪，两心知。　人不在，燕空归。负佳期。香烬落，枕函欹。月分明，花澹薄，惹相思。

西 江 月

月映长江秋水。分明冷浸星河。浅沙汀上白云多。雪散几丛芦苇。　扁舟倒影寒潭里。烟光远罩轻波。笛声何处响渔歌。两岸蘋香暗起。

其 二

水上鸳鸯比翼。巧将绣作罗衣。镜中重画远山眉。春睡起来无力。　钿雀稳簪云髻。含羞时想佳期。脸边红艳对花枝。犹占凤楼春色。

木 兰 花

儿家夫婿心容易。身又不来书不寄。闲庭独立鸟关关,争忍抛奴深院里。　闷向绿纱窗下睡。睡又不成愁又至。今年却忆去年春,同在木兰花下醉。

其 二

日照玉楼花似锦。楼上醉和春色寝。绿杨风送小莺声,残梦不成离玉枕。　堪爱晚来韶景甚。宝柱秦筝方再品。青娥红脸笑来迎,又向海棠花下饮。

其 三

春早玉楼烟雨夜。帘外樱桃花半谢。锦屏香冷绣衾寒,怊怅忆君无计舍。　侵晓鹊声来砌下。鸾镜残妆红粉罢。黛眉双点不成描,待得玉郎归日画。

贺 明 朝

忆昔花间初识面。红袖半遮妆脸。轻转石榴裙带，故将纤纤玉指，偷捻双凤金线。　　碧梧桐锁深深院。谁料得两情，何日教缱绻。羡春来双燕。飞到玉楼，朝暮相见。

其 二

忆昔花间相见后。只凭纤手。暗抛红豆。人前不解，巧传心事，别来依旧。孤负春昼。　　碧罗衣上蹙金绣。睹对对鸳鸯，空裛泪痕透。想韶颜非久。终是为伊，只凭偷瘦。

定 风 波

暖日闲窗映碧纱。小池春水浸晴霞。数树海棠红欲尽。争忍。玉闺深掩过年华。　　独凭绣床方寸乱。肠断。泪珠穿破脸边花。邻舍女郎相借问。音信。教人羞道未回家。

献 衷 心

见好花颜色，争笑东风。双脸上，晚妆同。闭小楼深阁,春景重重。三五夜,偏有恨,月明中。　　情未已,信曾通。满衣犹自染檀红。恨不如双燕,飞舞帘栊。春欲莫,残絮尽,柳条空。

凤　楼　春

凤髻绿云丛。深掩房栊。锦书通。梦中相见觉来慵。匀面泪,脸珠融。因想玉郎何处去,对淑景谁同。　　小楼中。春思无穷。倚栏颙望,暗牵愁绪,柳花飞起东风。斜日照帘,罗幌香冷粉屏空。海棠零落,莺语残红。

案:《历代诗馀·词人姓氏》云:欧阳炯,益州人。事王衍,为中书舍人。后事知祥及昶,累官翰林学士,进门下侍郎、同平章事,从昶归宋,授左散骑常侍。案:昶广政三年,炯作《花间集序》,其结衔署武德军节度判官,而集中称为欧阳舍人,则炯为中书舍人当在昶时,不应在王衍时也。其词《花间集》选十七首,兹从《尊前集》补三十一首,录为一卷。《全唐诗》炯诗中又载《柳枝》"软碧摇烟"一首,考系和凝作,故削之。光绪戊申季夏海宁王国维记。

《庚辛之间读书记·花间集》　《花间集》十卷,明覆刊宋本,前有蜀广政三年武德军节度判官欧阳炯序,后有绍兴十八年济阳晁谦之跋。炯为孟蜀宰相,蜀亡入宋,为翰林学士。一作欧阳炳。苏易简《续翰林志(下)》谓学士放诞则有王著、欧阳炳;又云炳以伪蜀顺化旋召入院,尝不巾不袜见客于玉堂之上,尤善长笛,太祖尝置酒令奏数弄,后以右貂终于西洛。又作欧阳迥。《学士年表》:欧阳迥,乾德三年八月以左散骑常侍拜(前曰右貂,此云左散骑常侍,左、右必有一误),开宝四年六月以本官分司西京罢。则与炳自为一人。此本与聊城杨氏所藏鄂州本均作欧阳炯,恐炯字不误。炳与迥因避太宗嫌名而追改也。

毛秘书词

〔蜀〕毛熙震 辑十七

毛熙震(? —?)

生卒年不详,宋初尚在世。仕蜀,官秘书监(一说秘书郎),故称"毛秘书"。善为词,其词赖《花间集》存 29 阕。

定 西 番

　　苍翠浓阴满院，莺对语，蝶交飞。戏蔷薇。　　　斜日倚栏风好，馀香出绣衣。未得玉郎消息，几时归。

酒 泉 子

　　闲卧绣帏。慵想万般情宠。锦檀偏，翘股重。翠云攲。　　暮天屏上春山碧。映香烟雾隔。蕙兰心，魂梦役。敛蛾眉。

其 二

　　钿画舞鸾。隐映艳红修碧。月梳斜，云鬓腻。粉香寒。　　晓花微敛轻呵展。裦钗金燕软。日初升，帘半卷。对妆残。

女 冠 子

　　碧桃红杏。迟日媚笼光影。彩霞深。香暖熏莺语，风清引鹤音。　　翠鬟冠玉叶，霓袖捧瑶琴。应共吹箫侣，暗相寻。

其 二

修蛾慢脸。不语檀心一点。小山妆。蝉鬓低含绿,罗衣淡拂黄。　　闷来深院里,闲步落花旁。纤手轻轻整,玉炉香。

浣 溪 沙

春暮黄莺下砌前。水精帘影露珠悬。绮霞低映晚晴天。　　弱柳千条垂翠带,残红满地碎香钿。蕙风飘荡散轻烟。

其 二

花榭香红烟景迷。满庭芳草绿萋萋。金铺闲掩绣帘低。　　紫燕一双娇语碎,翠屏十二晚峰齐。梦魂销散醉空闺。

其 三

晚起红房醉欲销。绿鬟云散袅金翘。雪香花语不胜娇。　　好是向人柔弱处,玉纤时急绣裙腰。春心牵惹转无聊。

其　四

一只横钗坠髻丛。静眠珍簟起来慵。绣罗红嫩抹酥胸。　　羞敛细蛾魂暗断，困迷无语思犹浓。小屏香霭碧山重。

其　五

云薄罗裙绶带长。满身新裛瑞罗香。翠钿斜映艳梅妆。　　伴不觑人空婉约，笑和娇语太猖狂。忍教牵恨暗形相。

其　六

碧玉冠轻袅燕钗。捧心无语步香阶。缓移弓底绣罗鞋。　　暗想欢娱何计好，岂堪期约有时乖。日高深院正忘怀。

其　七

半醉凝情卧绣茵。睡容无力卸罗裙。玉笼鹦鹉厌听闻。　　慵整落钗金翡翠，象梳敧鬓月生云。锦屏绡幌麝烟熏。

后 庭 花

　　莺啼燕语芳菲节。瑞庭花发。昔时欢宴歌声揭。管弦清越。　　自从陵谷追游歇。画梁尘黦。伤心一片如珪月。闲锁宫阙。

其 二

　　轻盈舞伎含芳艳。竞妆新脸。步摇珠翠修蛾敛。腻鬟云染。　　歌声慢发开檀点。绣衫斜掩。时将纤手匀红脸。笑拈金靥。

其 三

　　越罗小袖新香茜。薄笼金钏。倚栏无语摇金扇。半遮匀面。　　春残日暖莺娇懒。满庭花片。争不教人长相见。画堂深院。

菩 萨 蛮

　　梨花满院飘香雪。高楼夜静风筝咽。斜月照帘帏。忆君和梦稀。　　小窗灯影背。燕语惊愁态。屏掩断香飞。行云山外归。

其 二

绣帘高轴临塘看。雨翻荷芰真珠散。残暑晚初凉。轻风渡水香。　　无聊悲往事。争那牵情思。光影暗相催。等闲秋又来。

其 三

天含残碧融春色。五陵薄幸无消息。尽日掩朱门。离愁暗断魂。　　莺啼芳树暖。燕拂回塘满。寂寞对屏山。相思醉梦间。

清 平 乐

春光欲暮。寂寞闲庭户。粉蝶双双穿槛舞。帘卷晚天疏雨。　　含愁独倚闺帏。玉炉烟断香微。正是销魂时节,东风满院花飞。

更 漏 子

秋色清,河影澹。深户烛寒光暗。绡幌碧,锦衾红。博山香炷融。　　更漏咽。蛩鸣切。满院霜华如雪。新月上,薄云收。映帘悬玉钩。

其 二

烟月寒,秋夜静。漏转金壶初永。罗幕下,绣屏空。灯花结碎红。　　人悄悄。愁无了。思梦不成难晓。长忆得,与郎期。窃香私语时。

南 歌 子

远山愁黛碧,横波慢脸明。腻香红玉茜罗轻。深院晚堂人静,理银筝。　　鬟动行云影,裙遮点屧声。娇羞爱问曲中名。杨柳杏花时节,几多情。

其 二

惹恨还添恨,牵肠即断肠。凝情不语一枝芳。独映画帘闲立,绣衣香。　　暗想为云女,应怜傅粉郎。晚来轻步出闺房。髻慢钗横无力,纵猖狂。

木 兰 花

掩朱扉,钩翠箔。满院莺声春寂寞。匀粉泪,恨檀郎,一去不归花又落。　　对斜晖,临小阁。前事不堪重想着。金带冷,画屏幽,宝帐慵熏兰麝薄。

小 重 山

梁燕双飞画阁前。寂寥多少恨,懒孤眠。晓来闲处想君怜。红罗帐,金鸭冷沉烟。　　谁信损婵娟。倚屏啼玉筯,湿香钿。四肢无力上秋千。群花谢,愁对艳阳天。

临 江 仙

南朝天子宠婵娟。六宫罗绮三千。潘妃娇艳独芳妍。椒房兰洞,云雨降神仙。　　纵态迷欢心不足,风流可惜当年。纤腰婉约步金莲。妖君倾国,犹自至今传。

其 二

幽闺欲曙闻莺转,红窗月影微明。好风频谢落花声。隔帏残烛,犹照绮屏筝。　　绣被锦茵眠玉暖,炷香斜袅烟轻。淡蛾羞敛不胜情。暗思闲梦,何处逐云行。

何 满 子

寂寞芳菲暗度,岁华如箭堪惊。缅想旧欢多少事,转添春思难平。曲槛丝垂金柳,小窗弦断银筝。
深院空闻燕语,满园闲落花轻。一片相思休不得,忍教
长日愁生。谁见夕阳孤梦,觉来无限伤情。

其　二

无语残妆淡薄,含羞鬶袂轻盈。几度香闺眠过晓,
绮窗疏日微明。云母帐中偷惜,水精枕上初惊。
笑靥嫩疑花坼,愁眉翠敛山横。相望只教添怅恨,整鬟
时见纤琼。独倚朱扉闲立,谁知别有深情。

案:熙震,蜀人,官秘书监。周密《齐东野语》称其词新警
而不为儇薄。余尤爱其《后庭花》,不独意胜,即以调论,亦有
隽上清越之致,视文锡蔑如也。其词存者,仅《花间集》所载二
十九首,兹录为一卷。光绪戊申季夏海宁王国维记。

阆处士词

〔蜀〕阆选 辑十八

阎选(？—？)

字里、生卒年均无考，五代后蜀布衣，故称"阎处士"。工小词，但在"花间"词人中成就不高。

八 拍 蛮

云锁嫩黄烟柳细,风吹红蒂雪梅残。光景不胜闺阁恨,行行坐坐黛眉攒。

其 二

愁锁黛眉烟易惨,泪飘红脸粉难匀。憔悴不知缘底事,遇人推道不宜春。

浣 溪 沙

寂寞流苏冷绣茵。倚屏山枕惹香尘。小庭花露泣浓春。　　刘阮信非仙洞客,嫦娥终是月中人。此生无路访东邻。

谒 金 门

美人浴。碧沼莲开芬馥。双髻绾云颜似玉。素娥辉淡绿。　　雅态芳姿闲淑。雪映钿装金斛。水溅青丝珠断续。酥融香透肉。

河 传

秋雨。秋雨。无昼无夜,滴滴霏霏。暗灯凉簟怨分离。妖姬。不胜悲。　　西风稍急喧窗竹。停又续。腻脸悬双玉。几回邀约雁来时。违期。雁归人不归。

虞 美 人

粉融红腻莲房绽。脸动双波慢。小鱼衔玉鬓钗横。石榴裙染象纱轻。转娉婷。　　偷期锦浪荷深处。一梦云兼雨。臂留檀印齿痕香。深秋不寐漏初长。尽思量。

其 二

楚腰蛴领团香玉。鬓叠深深绿。月蛾星眼笑微频。柳夭桃艳不胜春。晚妆匀。　　水纹簟映青纱帐。雾罩秋波上。一枝娇卧醉芙蓉。良宵不得与君同。恨忡忡。

临 江 仙

雨停荷芰逗浓香。岸边蝉噪垂杨。物华空有旧池塘。不逢仙子,何处梦襄王。　　珍簟对欹鸳枕冷。此来尘暗凄凉。欲凭危槛恨偏长。藕花珠缀,犹自汗凝妆。

其 二

十二高峰天外寒。竹梢轻拂仙坛。宝衣行雨在云端。画帘深殿,香雾冷风残。　　欲问楚王何处去,翠屏犹掩金鸾。猿啼明月照空滩。孤舟行客,惊梦亦艰难。

定 风 波

江水沉沉帆影过。游鱼到晓透寒波。渡口双双飞白鸟。烟袅。芦花深处隐渔歌。　　扁舟短棹归兰浦。人去。萧萧竹径透青莎。深夜无风新雨歇。凉月。露迎疑当作"凝"。珠颗入圆荷。

案:选,字里均无考。《花间集》但称阁处士,有词八首。兹复从《尊前集》补二首,录为一卷。其词唯《临江仙》第二首有轩鬖之意,馀尚未足与于作者也。光绪戊申季夏海宁王国维记。

张舍人词

〔南唐〕张泌　辑十九

张泌（? —?）

唐末五代初人，字里、生卒年不详，据《花间》排序，知约生于牛峤、毛文锡之间。曾在长安、成都居住，又曾游历湘桂一带。事马楚（或谓前蜀）官至舍人，世称"张舍人"。张泌词风介于温、韦之间，《南歌子》其一被郑振铎誉为"《花间》中最高隽的成就之一"。王国维所言南唐人张泌（一作佖），据胡适、俞平伯、陈尚君等考证，年代晚于《花间》结集，应非《花间》之张泌。

南　歌　子

柳色遮楼暗，桐花落砌香。画堂开处远风凉。高
卷水精帘额，衬斜阳。

其　二

岸柳拖烟绿，庭花照日红。数声蜀魄入帘栊。惊
断北窗残梦，画屏空。

其　三

锦荐红鸂鶒，罗衣绣凤凰。绮疏飘雪北风狂。帘
幕尽垂无事，郁金香。

江城子　别见《阳春集》。

碧栏干外小中庭。雨初晴。早莺声。飞絮落花，
时节近清明。睡起卷帘无一事，匀面了，没心情。

其　二

浣花溪上见卿卿。脸波秋水明。黛眉轻。绿云高
绾，低簇小蜻蜓。好是问他来得么，含笑道，莫多情。

其三 别见《阳春集》。

窄罗衫子薄罗裙。小腰身。晚妆新。每到花时，长是不宜春。早是自家无气力，更被你，恶怜人。

柳　枝

腻粉琼妆透碧纱。雪休夸。金凤搔头坠鬓斜。发交加。　　倚着云屏新睡觉。思梦笑。红腮隐出枕函花。有些些。

胡　蝶　儿

胡蝶儿。晚春时。阿娇初着淡黄衣。倚窗学画伊。　　还似花间见，双双对对飞。无端和泪拭胭脂。惹教双翅垂。

女　冠　子

露花烟草。寂寞五云三岛。正春深。貌减潜销玉，香残尚惹襟。　　竹疏虚槛静，松密醮坛阴。何事刘郎去，信沉沉。

生查子

相见稀,喜相见。相见还相远。檀画荔枝红,金蔓蜻蜓软。　　鱼雁疏,芳信断。花落庭阴晚。可惜玉肌肤,消瘦成慵懒。

浣溪沙

钿毂香车过柳堤。桦烟分处马频嘶。为他沉醉不成泥。　　花满驿亭香露细,杜鹃声里玉蟾低。含情无语倚楼西。

其　二

马上凝情忆旧游。照花淹竹小溪流。钿筝罗幕玉搔头。　　早是出门长带月,可堪分袂又经秋。晚风斜日不胜愁。

其　三

独立寒阶望月华。露浓香泛小庭花。绣屏愁背一灯斜。　　云雨自从分散后,人间无路到仙家。但凭魂梦访天涯。

其 四

依约残眉理旧黄。翠鬟抛掷一簪长。暖风晴日罢朝妆。　　闲折海棠看又捻，玉纤无力惹馀香。此情谁会倚斜阳。

其 五

翡翠屏开绣幄红。谢娥无力晓妆慵。锦帷鸳被宿香浓。　　微雨小庭春寂寞，燕飞莺语隔帘栊。杏花凝恨倚东风。

其 六

枕障香炉隔绣帏。年年终日两相思。杏花明月始应知。　　天上人间何处去，旧欢新梦觉来时。黄昏微雨画帘垂。

其 七

花月香寒悄夜尘。绮筵幽会暗伤神。婵娟依约画屏人。　　人不见时还暂语，令才抛后爱微颦。越罗巴锦不胜春。

其 八

偏戴花冠白玉簪。睡容新起意沉吟。翠钿金缕镇眉心。　　小槛日斜风悄悄，隔帘零落杏花阴。断香轻碧锁愁深。

其 九

晚逐香车入凤城。东风斜揭绣帘轻。慢回娇眼笑盈盈。　　消息未通何计是，便须伴醉且随行。依稀闻道太狂生。

其 十

小市东门欲雪天。众中依约见神仙。蕊黄香画帖金蝉。　　饮散黄昏人草草，醉容无语立门前。马嘶尘烘一街烟。

酒 泉 子

春雨打窗。惊梦觉来天气晓。画堂深，红焰小。背兰釭。　　酒香喷鼻懒开缸。惆怅更无人共醉。旧巢中，新燕子。语双双。

其 二

紫陌青门,三十六宫春色,御沟辇路暗相通。杏园风。　　咸阳沽酒宝钗空。笑指未央归去,插花走马落残红。月明中。

思 越 人

燕双飞,莺百啭,越波堤下长桥。斗钿花筐金匣恰,舞衣罗薄纤腰。　　东风淡荡慵无力。黛眉愁聚春碧。满地落花无消息。月明肠断空忆。

河 渎 神

古树噪寒鸦。满庭枫叶芦花。昼灯当午隔轻纱。画阁珠帘影斜。　　门外往来祈赛客,翩翩帆落天涯。回首隔江烟火,渡头三两人家。

满 宫 花

花正芳,楼似绮。寂寞上阳宫里。钿笼金锁睡鸳鸯,帘冷露华珠翠。　　娇艳轻盈香雪腻。细雨黄莺双起。东风惆怅欲天明,公子桥边沉醉。

河　传

　　渺莽,云水。惆怅暮帆,去程迢递。夕阳芳草,千里万里。雁声无限起。　　梦魂悄断烟波里。心如醉。相见何处是。锦屏香冷无睡。被头多少泪。

其　二

　　红杏。交枝相映。密密濛濛。一庭浓艳倚东风。香融。透帘栊。　　斜阳似共春光语。蝶争舞。更引流莺妒。魂销千片玉樽前。神仙。瑶池醉暮天。

临　江　仙

　　烟收湘渚秋江静,蕉花露泣愁红。五云双鹤去无踪。几回魂断,凝望向长空。　　翠竹暗留珠泪怨,闲调宝瑟波中。花鬘月鬓绿云重。古祠深殿,香冷雨和风。

　　案 《历代诗馀·词人姓氏》曰:张泌,一作佖,字子澄,淮南人。初官句容尉,上书陈治道,后主征为监察御史,历考功员外郎,进中书舍人,改内史舍人。随煜归宋,仍入史馆,迁郎中。归,寓家毗陵。有集一卷。其词录于《花间集》者共二十七首,而《全唐诗》增《江城子》一阕。此阕与前一阕均见《阳春录》,兹并存之。昔沈文悫深赏泌"绿杨花扑一溪烟"为晚唐名句,然其词如"露浓香泛小庭花",较前语似更幽艳也。光绪戊申季夏海宁王国维记。

孙中丞词

〔荆南〕孙光宪 辑二十

孙光宪（901—968）

字孟文，自号葆光子，五代陵州贵平人，世业农亩。光宪少好学，广游蜀中，与蜀中文士颇有交往。在蜀官陵州判官。天成元年（926），离蜀至江陵，仕于荆南，累官至检校秘书少监、试御史中丞，赐金紫。乾德元年（963），宋军假道荆南，光宪劝高继冲尽以荆南三州之地归宋，继冲许之，宋太祖授光宪为黄州刺史。乾德六年（968）卒。光宪性嗜经籍，聚书数千卷，抄写校雠，老而不废。尤好撰著，惜多佚，今所存者有《续通历》《北梦琐言》等。其词婉约缠绵，题材广阔，为"花间"词开拓了新意境。

八 拍 蛮

孔雀尾拖金线长。怕人飞起入丁香。越女沙头争拾翠,相呼归去背斜阳。

杨 柳 枝

阊门风暖落花干。飞遍江城雪不寒。独有晚来临水驿,闲人多凭赤栏干。

其 二

有池有榭即濛濛。浸润翻成长养功。恰似有人长点检,着行排立向春风。

其 三

根柢虽然傍浊河。无妨终日近笙歌。毵毵金带谁堪比,还共黄莺不校多。

其 四

万株枯槁怨亡隋。似吊吴台各自垂。好是淮阴明月里,酒楼横笛不胜吹。

竹 枝

门前春水竹枝白蘋花女儿。岸上无人竹枝小艇斜女儿。商女经过竹枝江欲暮女儿,散抛残食竹枝饲神鸦女儿。

其 二

乱绳千结竹枝绊人深女儿。越罗万丈竹枝表长寻女儿。杨柳在身竹枝垂意绪女儿,藕花落尽竹枝见莲心女儿。

风 流 子

茅舍槿篱溪曲。鸡犬自南自北。菰叶长,水蓱开,门外春波涨绿。听织。声促。轧轧鸣梭穿屋。

其 二

楼倚长衢欲暮。瞥见神仙伴侣。微傅粉,拢梳头,隐映画帘开处。无语。无绪。慢曳罗裙归去。

其 三

金络玉衔嘶马。系向绿杨阴下。朱户掩,绣帘垂,曲院水流花谢。欢罢。归也。犹在九衢深夜。

思 帝 乡

如何。遣情情更多。永日水堂帘下,敛羞蛾。六幅罗裙窣地,微行曳碧波。看尽满池疏雨,打团荷。

定 西 番

鸡鹿山前游骑,边草白,朔天明。马蹄轻。　鹊面弓离短帐,弯来月欲成。一只鸣髇云外,晓鸿惊。

其 二

帝子枕前秋夜,霜幄冷,月华明。正三更。　何处戍楼寒笛,梦残闻一声。遥想汉关万里,泪纵横。

河 满 子

冠剑不随君去,江河还共恩深。歌袖半遮眉黛惨,泪珠旋滴衣襟。惆怅云愁雨怨,断魂何处相寻。

望 梅 花

数枝开与短墙平。见雪萼、红跗相映。引起谁人边塞情。　帘外欲三更。吹断离愁月更明。空听隔江声。

上 行 杯

草草离亭鞍马,从远道、此地分襟。燕宋秦吴千万里。　　无辞一醉。野棠开,江草湿。伫立。沾泣。征骑骎骎。

其 二

离棹逡巡欲动。临极浦、故人相送。去住心情知不共。　　金船满捧。绮罗愁,丝管咽。回别。帆影灭。江浪如雪。

酒 泉 子

空碛无边,万里阳关道路。马萧萧,人去去。陇云愁。　　香貂旧制戎衣窄。胡霜千里白。绮罗心,魂梦隔。上高楼。

其 二

曲槛小楼,正是莺花二月。思无聊,愁欲绝。郁离襟。　　展屏空对潇湘水。眼前千万里。泪掩红,眉敛翠。恨沉沉。

其 三

敛态窗前，袅袅雀钗抛颈。燕成双，鸾对影。耦新知。　　玉纤淡拂眉心小。镜中嗔共照。翠连娟，红缥渺。早妆时。

女 冠 子

蕙风芝露。坛际残香轻度。蕊珠宫。苔点分圆碧，桃花践破红。　　品流巫峡外，名籍紫微中。真侣墉城会，梦魂通。

其 二

澹花瘦玉。依约神仙妆束。佩琼文。瑞露通宵贮，幽香尽日闻。　　碧云笼绛节，黄藕冠浓云。勿以吹箫伴，不同群。

生 查 子

寂寞掩朱门，正是天将暮。暗澹小庭中，滴滴梧桐雨。　　绣工夫，牵心绪。配尽鸳鸯缕。待得没人时，偎倚论私语。

其 二

暖日策花骢，辣鞯垂杨陌。芳草惹烟青，落絮随风白。　　谁家绣毂动香尘，隐映神仙客。狂杀玉鞭郎，咫尺音容隔。

其 三

金井堕高梧，玉殿笼寒月。永巷寂无人，敛态愁堪绝。　　玉炉寒，香烬灭。还似君恩歇。翠辇不归来，幽恨将谁说。

其 四

春病与春愁，何事年年有。半为枕前人，半如花间酒。　　醉金尊，携玉手。共作鸳鸯偶。倒载卧云屏，雪面腰如柳。

其 五

为惜美人娇，长有如花笑。半醉倚红妆，转语传青鸟。　　眷方深，怜恰好。唯恐相逢少。似这一般情，肯信春光老。

其 六

清晓牡丹芳,红艳凝金蕊。乍占锦江春,永认笙歌地。　　感人心,为物瑞。烂漫烟花里。戴上玉钗时,迥与凡花异。

其 七

密雨阻佳期,尽日凝然坐。帘外正淋漓,不觉愁如锁。　　梦难裁,心欲破。泪逐檐声堕。想得玉人情,也合思量我。

玉 蝴 蝶

春欲尽,景仍长。满园花正黄。粉翅两悠扬。翩翩过短墙。　　鲜飙暖。牵游伴。飞去立残芳。无语对萧娘。舞衫沉麝香。

浣 溪 沙

蓼岸风多橘柚香。江边一望楚天长。片帆烟际闪孤光。　　目送征鸿飞杳杳,思随流水去茫茫。兰红波碧忆潇湘。

其二 别见《阳春集》。

桃杏风香帘幕闲。谢家门户约花关。画梁幽语燕初还。　　绣帘数行题了壁,晓屏一枕酒醒山。却疑身是梦魂间。

其　三

花渐凋疏不耐风。画帘垂地晚堂空。堕阶萦藓舞愁红。　　腻粉半粘金靥子,残香犹暖绣熏笼。蕙心无处与人同。

其　四

揽镜无言泪欲流。凝情半日懒梳头。一庭疏雨湿春愁。　　杨柳只知伤怨别,杏花应信损娇羞。泪沾魂断轸离忧。

其　五

半踏长裾宛约行。晚帘疏处见分明。此时堪恨昧平生。　　早是销魂残烛影,更愁闻着品弦声,杳无消息若为情。

其 六

兰沐初休曲槛前。暖风迟日洗头天。湿云新敛未梳蝉。　　翠袂半将遮粉臆，宝钗长欲坠香肩。此时模样不禁怜。

其 七

风递残香出绣帘。团窠金凤舞襜襜。落花微雨恨相兼。　　何处去来狂太甚，空推宿酒睡无厌。争教人不别猜嫌。

其 八

轻打银筝坠燕泥。断丝高胃画楼西。花冠闲上午墙啼。　　粉箨半开新竹径，红苞尽落旧桃蹊。不堪终日闭深闺。

其 九

乌帽斜欹倒佩鱼。静街偷步访仙居。隔墙应认打门初。　　将见客时微掩敛，得人怜处且生疏。低头羞问壁边书。

其 十

碧玉衣裳白玉人。翠眉红脸小腰身。瑞云飞雨逐行云。　　除却弄珠兼解佩，便随西子与东邻。是谁容易比真真。

其 十 一

何事相逢不展眉。苦将情分恶猜疑。眼前行止想应知。　　半恨半嗔回面处，和娇和泪泥人时。万般饶得为怜伊。

其 十 二

落絮飞花满帝城。看看春尽又伤情。岁华频度想堪惊。　　风月岂唯今日恨，烟霄终待此生荣。未甘虚老负平生。

其 十 三

静想离愁暗泪零。欲栖云雨计难成。少年多是薄情人。　　万种保持图永远，一般模样负神明。到头何处问平生。

其 十 四

试问于谁分最多。便随人意转横波。缕金衣上小双蛾。　　醉后爱称娇姐姐,夜来留得好哥哥。不知情事久长么。

其 十 五

叶坠空阶折早秋。细烟轻雾锁妆楼。寸心双泪惨娇羞。　　风月但牵魂梦苦,岁华偏感别离愁。恨和相忆两难酬。

其 十 六

月淡风和画阁深。露桃烟柳影相侵。敛眉凝绪夜沉沉。　　长有梦魂迷别浦,岂无春病入离心。少年何处恋虚襟。

其 十 七

自入春来月夜稀。今宵蟾影倍凝辉。强开襟抱出帘帷。　　啮指暗思花下约,凭栏羞睹泪痕衣。薄情狂荡几时归。

其 十 八

十五年来锦岸游。未曾行处不风流。好花长与万金酬。　　满眼利名浑信运,一生狂荡恐难休。且陪烟月醉红楼。

其 十 九

风撼芳菲满院香。四帘慵卷日初长。鬓云垂枕响微锽。　　春梦未成愁寂寂,佳期难会信茫茫。万般心,千点泪,泣兰堂。

谒 金 门

留不得。留得也应无益。白绽春衫如雪色。扬州初去日。　　轻别离,甘抛掷。江上满帆风疾。却羡彩鸳三十六。孤鸾还一只。

菩 萨 蛮

月华如水笼香砌。金环碎撼门初闭。寒影堕高檐。钩垂一面帘。　　碧烟轻袅袅。红颤灯花笑。即此是高唐。掩屏秋梦长。

其 二

花冠频鼓墙头翼。东方澹白连窗色。门外早莺声。背楼残月明。　　薄寒笼醉态。依旧铅华在。握手送人归。半拖金缕衣。

其 三

小庭花落无人扫。疏香满地东风老。春晚信沉沉。天涯何处寻。　　晓堂屏六扇。眉共湘山远。争奈别离心。近来尤不禁。

其 四

青岩碧洞经朝雨。隔花相唤南溪去。一只木兰船。波平远浸天。　　扣舷惊翡翠。嫩玉抬香臂。红日欲沉西。烟中遥解携。

其 五

木棉花映丛祠小。越禽声里春光老。铜鼓与蛮歌。南人祈赛多。　　客帆风正急。茜袖偎樯立。极浦几回头。烟波无限愁。

清 平 乐

　　愁肠欲断。正是青春半。连理分枝鸾失伴。又是一场离散。　　掩镜无语眉低。思随芳草萋萋。凭仗东风吹梦,与郎终日东西。

其 二

　　等闲无语。春恨如何去。终是疏狂留不住。花暗柳浓何处。　　尽日目断魂飞。晚窗斜界残辉。长恨朱门薄暮,绣鞍骢马空归。

更 漏 子

　　听寒更,闻远雁。半夜萧娘深院。扃绣户,下珠帘。满庭喷玉蟾。　　人语静。香闺冷。红幕半垂清影。云雨态,蕙兰心。此情江海深。

其 二

　　今夜期,来日别。相对只堪愁绝。偎粉面,捻瑶簪。无言泪满襟。　　银箭落。霜华薄。墙外晓鸡咿哑。听付嘱,S 恶情惊。断肠西复东。

其 三

烛荧煌，香旖旎。闲放一堆鸳被。慵就寝，独无聊。相思魂欲销。　　不会得。这心力。判了依前还忆。空自怨，奈伊何。别来情更多。

其 四

掌中珠，心上气。爱惜岂将容易。花下月，枕前人。此生谁更亲。　　交颈语，合欢身。便同比目金鳞。连绣枕，卧红茵。霜天似暖春。

其 五

对秋深，离恨苦。数夜满庭风雨。凝想坐，敛愁眉。孤心似有违。　　红窗静，画帘垂。魂销地角天涯。和泪听，断肠窥。漏移灯暗时。

其 六

求君心，风韵别。浑似一团烟月。歌皓齿，舞红筹。花时醉上楼。　　能婉媚，解娇羞。王孙争不攀留。惟我恨，未绸缪。相思魂梦愁。

后 庭 花

　　景阳钟动宫莺啭。露凉金殿。轻飙吹起琼花旋。玉叶如剪。　　晚来高阁上，珠帘卷。见坠香千片。修蛾慢脸陪雕辇。后庭新宴。

其 二

　　石城依旧空江国。故宫春色。七尺青丝芳草绿，绝世难得。　　玉英凋落尽，更何人识。野棠如织。只是教人添怨忆。怅望无极。

河 渎 神

　　汾水碧依依。黄云落叶初飞。翠华一去不言归。庙门空掩斜晖。　　四壁阴森排古画。依旧琼轮羽驾。小殿沉沉清夜。银灯飘落香炧。

其 二

　　江上草芊芊。春晚湘妃庙前。一方卵色楚南天。数行征雁联翩。　　独倚朱栏情不极。魂断终朝相忆。两桨不知消息。远汀时起鸂鶒。

渔 歌 子

草芊芊,波漾漾。湖边草色连波涨。沿蓼岸,泊枫汀,天际玉轮初上。　　扣舷歌,联极望。桨声伊轧知何向。黄鹄叫,白鸥眠,谁似侬家疏旷。

其 二

泛流萤,明又灭。夜凉水冷东湾阔。风浩浩,笛寥寥,万顷金波澄澈。　　杜若洲,香郁烈。一声宿雁霜时节。经雪水,过松江,尽属侬家日月。

思 越 人

古台平,芳草远,馆娃宫外春深。翠黛空留千载恨,教人何处相寻。　　绮罗无复当时事。露花点滴香泪。惆怅遥天横绿水。鸳鸯对对飞起。

其 二

渚莲枯,宫树老,长洲废苑萧条。想像玉人空处所,月明独上溪桥。　　经春初败秋风起。红兰绿蕙愁死。一片风流伤心地。魂销目断西子。

应 天 长

翠凝仙艳非凡有,窈窕年华方十九。鬟如云,腰似柳。妙对绮筵歌渌酒。　　醉瑶台,携玉手。共燕此宵相偶。魂断晚窗分首。泪沾金缕袖。

南 歌 子

艳冶青楼女,风流似楚真。骊珠美玉未为珍。窈窕一枝芳柳入腰身。　　舞袖频回雪,歌声几动尘。慢凝秋水顾情人。只缘倾国着处觉生春。

其 二

映月论心处,偎花见面时。倚郎和袖抚香肌。遥指画堂深院许相期。　　解佩君非晚,虚襟我未迟。愿如连理合欢枝。不似五陵狂荡薄情儿。

河 传

太平天子。等闲游戏。疏河千里。柳如丝。偎倚。绿波春水。长淮风不起。　　如花殿脚三千女。争云雨。何处留人住。锦帆风。烟际红。烧空。魂迷大业中。

其 二

柳拖金缕。着烟笼雾。濛濛落絮。凤凰舟上楚女。妙舞。雷喧波上鼓。　　龙争虎战分中土。人无主。桃叶江南渡。襞花笺。艳思牵。成篇。宫娥相与传。

其 三

花落。烟薄。谢家池阁。寂寞春深。翠蛾轻敛意沉吟。沾襟。无人知此心。　　玉炉香断霜灰冷。帘铺影。梁燕归红杏。晚来天。思悄然。孤眠。枕檀云髻偏。

其 四

风飐。波敛。团荷闪闪。珠倾露点。木兰舟上，何处吴娃越艳。藕花红照脸。　　大堤狂杀襄阳客。烟波隔。渺渺湖光白。身已归。心不归。斜晖。远汀鹆鹈飞。

临 江 仙

霜拍井梧干叶堕，翠帷雕槛初寒。薄铅残黛称花冠。含情无语,延伫倚栏干。 杳杳征轮何处去,离愁别恨千般。不堪心绪正多端。镜奁长掩,无意对孤鸾。

其 二

暮雨凄凄深院闭,灯前凝坐初更。玉钗低压鬓云横。半垂罗幕,相映烛光明。 终是有心投汉佩,低头但理秦筝。燕双鸾偶不胜情。只愁明发,将逐楚云行。

虞 美 人

红窗寂寂无人语。暗澹梨花雨。绣罗纹地粉新描。博山香炷旋抽条。暗魂销。 天涯一去无消息。终日长相忆。教人相忆几时休。不堪枨触别离愁。泪还流。

其 二

好风微揭帘旌起。金翼鸾相倚。翠檐愁听乳禽声。此时春态暗关情。独难平。 画堂流水空相觑。一穗香摇曳。教人无处寄相思。落花芳草过前期。没人知。

遐 方 怨

红绶带,锦香囊。为表花前意,殷勤赠玉郎。此时更役心肠。转添秋夜梦魂狂。　　思艳质,想娇妆。愿早传金盏,同欢卧醉乡。任人猜妒恶猜防。到头须使似鸳鸯。

定 风 波

帘拂疏香断碧丝。泪衫还滴绣黄鹂。上国献书人不在。凝黛。晚庭又是落红时。　　春日自长心似促。翻覆。年来年去负前期。应是秦云兼楚雨。留住。向花枝。夸说月中枝。

案:《历代诗馀·词人姓氏》:孙光宪,字孟文,贵平人。唐时为陵州判官,天成初避地江陵。高季兴据荆南,署为从事,历事三世,累官荆南节度副使、检校秘书兼御史中丞。后劝高继冲归宋,太祖授以黄州刺史,将用为学士,未及而卒。自号葆光子。有《荆台》、《笔佣》、《橘斋》、《巩湖》诸集。其词《花间集》选六十首,兹从《全唐诗》补二十四首,辑为一卷。昔黄玉林赏其"一庭花雨湿春愁"为古今佳句,余以为不若"片帆烟际闪孤光"尤有境界也。光绪戊申季夏海宁王国维记。

篇名索引

一画

一斛珠（晓妆初过）/ 李　煜　　　　　　　4

二画

八拍蛮（云锁嫩黄烟柳细）/ 阎　选　　　199
八拍蛮（愁锁黛眉烟易惨）/ 阎　选　　　199
八拍蛮（孔雀尾拖金线长）/ 孙光宪　　　215

三画

三台令（不寐倦长更）/ 李　煜　　　　　19
三字令（春欲尽）/ 欧阳炯　　　　　　　181
上行杯（芳草灞陵春岸）/ 韦　庄　　　　71
上行杯（白马玉鞭金辔）/ 韦　庄　　　　71
上行杯（草草离亭鞍马）/ 孙光宪　　　218
上行杯（离棹逡巡欲动）/ 孙光宪　　　218
小重山（春入神京万木芳）/ 和　凝　　　65
小重山（正是神京烂漫时）/ 和　凝　　　65
小重山（一闭昭阳春又春）/ 韦　庄　　　81

四画

五画

七画

八画

九画

十画

十一画

《词学十讲》龙榆生著

　　龙榆生先生在上海戏剧学院授课时所撰的教材。全书循序渐进，由宏观的词史、词学规律，述及具体作法、欣赏鉴别等各方面，以至于哪些词牌适宜抒写苍凉激越之情、哪些适宜儿女柔情，平仄韵各自的作用、如何用适当的转换达成情感效果等等，十分具体可学。新增附录三篇，分别为龙榆生本人词作十首、《今日学词应取之途径》、《论平仄四声》。

《词曲概论》龙榆生著

　　《词学十讲》姐妹篇，亦为龙先生在大学授课时所撰教材。是书贯通词、曲，由韵文本质出发探讨其发展规律，揭示创作、欣赏方法。上编论源流，首先概述词、曲特性及二者异同，随后依次介绍从小令到慢曲，从诸宫调到散曲、杂剧、传奇等各时期的代表韵文体裁。下编论法式，分析平仄四声、韵位疏密等在词曲创作中的运用，讲解细致而切实。新增附录两种：一为龙榆生本人创作的新体歌词三首，一为《创制新体乐歌之途径》。

《唐五代二十一家词辑》王国维辑

　　本书收录唐五代李璟、李煜、温庭筠、韦庄、韩偓等21位名家词集，共20卷（李璟李煜词合为一卷），每一家之后均有王国维自作跋语，考订词人生平、词集版本，品题得失，比较高下。王国维于此书用力颇深，每一家均尽力搜寻存世别集，并用《全唐诗》、《花间集》等各种全集、选集校勘、辨伪，非仅抄撮而已。这一时期，王国维致力于词学，同一年间，著名的《人间词话》亦问世，是为王氏词学思想之集中体现，而《词辑》不仅是其资料基础，部分观点亦可与之呼应互补。此次我们除了将《词辑》标点整理，还把《人间词话》及王国维其他论著中的相关内容辑出，置于相应篇目之后，供读者参阅。

「词系列」新书介绍

《近三百年名家词选》（全本）龙榆生编选

　　《唐宋名家词选》姐妹篇。初版于1956年，所收自晚明陈子龙起，讫民国著名女词人吕碧城，计67人，词作518首，朱彝尊、陈维崧、纳兰性德、王鹏运、厉鹗、朱孝臧、况周颐等诸大家皆在焉，梁启超、王国维、吴梅、黄侃等非以词名而天才英发之学人亦择一二佳作入选，可谓诸体兼备，众善纷呈。1962年出版修订本，细节部分有不少完善，但因故删去陈曾寿词，实为一憾。现以中华书局上海编辑所1962年修订本为底本，校以1956年上海古典文学出版社初印本，恢复67家原貌，亦保留修订本新增之内容，是为"全本"。书后附有篇名索引，以便检索。

《唐宋名家词选》（全本）龙榆生编选

　　龙先生最负盛名之编选作品，收录唐宋两代名家名作，并附作者小传和历代点评，极便欣赏与学习。初版问世于1934年，一时洛阳纸贵；1955年修订，传统上视为"正宗"的婉约派作品比重被削弱，如吴文英词由原先最多的38首骤减至10首，当时学术主流推崇之豪放派作品则大幅增加。这固然与龙氏词学思想发展、可用资料更丰富有关，但也有学术以外的因素。现以1956年上海古典文学出版社修订本为底本，校以1934年开明书局初印本，恢复被删除的168首词和自序等，以成"全本"，全面而真实地反映龙氏选目意图和词学观点，亦可见其前后思想之变化。书后增加篇名索引，以便读者。